青龍の瞳の花嫁

石田リンネ

B's-LOG BUNKO
ビーズログ文庫

目次

青龍の瞳の花嫁
登場人物紹介
瑠《る》璃《り》
采青国の皇女。
青龍の瞳を持ち、その力で
国が滅ぶ未来を視る。
志《し》 蒼《そう》天《てん》
采青国の禁軍所属の武官。
平民出身だが、
最近〝訳あり皇族〟になった。

芙雪《ふせつ》

占い師三姉妹の長女。
鼻筋にほくろがある。

金《きん》祥抄《しょうしょう》

瑠璃の侍女。
武官よりも強い気配を持つ。

蛍花《けいか》

占い師三姉妹の三女。
口元にほくろがある。

珊月《さんげつ》

占い師三姉妹の次女。
泣きぼくろがある。

イラスト／Ｉｚｕｍｉ

序章

かつて大陸の東側に、天庚国《てんこうこく》という大きな国があった。

あるとき、天庚国は大陸内の覇権《はけん》争いという渦《うず》に呑《の》みこまれ、四つに分裂《ぶんれつ》する形で消《しょう》滅《めつ》した。

この四つに分裂した国のうち、北に位置するのが黒槐国《こくかいこく》、東に位置するのが采青国《さいせいこく》、西に位置するのが白楼国《はくろうこく》、南に位置するのが赤奏国《せきそうこく》である。

四カ国は、ときに争い、ときに同盟を結び、未《いま》だ落ち着くことはなかった。

采青国の皇帝《こうてい》には、『瑠璃《るり》』という名前のとても美しい娘《むすめ》がいる。

瑠璃の母親譲《ゆず》りの銀色の髪《かみ》と柘榴色《ざくろいろ》の大きな瞳《ひとみ》には、見る者を強く惹《ひ》きつける力があった。

しかしだからといって、瑠璃は父である皇帝の寵愛《ちょうあい》を注がれたことは一度もない。

皇帝は瑠璃に興味をもつことはなかった。けれども、なぜか手元に置きたがった。

そして、それは瑠璃の兄弟たちも同じである。瑠璃に興味をもっていないけれど、完全に無視することはなかった。

この謎《なぞ》に答えられるのは、おそらく瑠璃本人だけだろう。

——私は、この国を守護する偉大《いだい》なる神獣の力を生まれもっている。

瑠璃に興味をもっていないのに、それでも瑠璃をほしがる男たちは、その偉大なる力に惹かれているだけなのだ。

「ある意味、私の家族は私の本質をきちんと見ているのかもしれないわね」

瑠璃は時々、夢の中で未来を見る。

未来視と名づけたこの力は、瑠璃がもつ偉大なる力のうちの一つだ。

(ああ……またあの未来だわ)

この国は、いつだって皇太子争いをしている。

瑠璃は夢の中で、激しくなった皇太子争いの結果を見ることがあった。

最初の頃は、第二皇子《おうじ》が皇帝になっていた。けれどもあるときから、第一皇子が皇帝になる夢も見るようになる。

二人の政《まつりごと》の方向性はまったく違ったけれど、どちらが皇帝になっても周辺国との緊張が高まり、戦争という未来がちらつくようになっていた。

そして瑠璃の未来は、どちらが皇帝になっても変わらない。未来の瑠璃は誰とも結婚することなく、この玉洞城《ぎょくどうじょう》で暮らし続けていたのだ。

(私がこのまま大人しくしていたら、この未来になるのよね?)

偉大なる力をもつ瑠璃が下手《へた》に動けば、未来が変わるかもしれない。最悪な状況になるかもしれない。

そう考えたら、この城から出て自由に生きるという道をどうしても選べなかった。

(鳥が羨《うらや》ましい。私も自由に飛べたら……)

瑠璃は未来の夢を見る度《たび》に、ため息をつく。

自由に生きていける人なんて、ほんの一握《ひとにぎ》りだ。誰だってなにかに縛《しば》られている。あの青空を飛ぶ鳥だって、飛ばないと生きていけないから飛んでいるだけだ。

——私は自分の生き方を、未来視によって早く知っただけ。

瑠璃は自分にそう言い聞かせ、自分の未来を受け入れようと思った。

結婚せずに玉洞城の中で暮らし続けることがこの国の未来のためになると、信じることにしたのだ。

「……嘘《うそ》でしょう」

あるときから、未来視に見せられる夢が変わる。

第一皇子が第二皇子を間違えて刺し殺すという事件のあと、夢の中で次の皇帝が父の従弟《いとこ》である袁曹《えんそう》になっていたのだ。

——瑠璃は袁曹の後宮《こうきゅう》に入っていた。親子ほどの歳の差がある瑠璃を妃《きさき》にするなんて、信じられなかった。

妃になっていた瑠璃は袁曹に平伏《ひれふ》し、必死になにかを訴《うった》えている。

「陛下《へいか》、どうか民《たみ》に慈悲《じひ》をお与《あた》えください……！　このままでは多くの人が命を落としてしまいます……！」

瑠璃の必死の訴えは、袁曹に届かなかった。

袁曹は「民など死なせておけばいい。いくらでも生まれてくる」と嘲笑《あざわら》ったのだ。

「炎《ほのお》が！　みんな逃《に》げて！　急いで！」

そしてある日、後宮が炎に包まれた。矢が飛んでくる。武器をもった異国の兵士が押し寄せてくる。……いや、襲《おそ》ってきたのは異国の兵士だけではない。自国の民もいた。

「お前らのせいで息子《むすこ》が死んだ！」

「贅沢《ぜいたく》ばかりしやがって！　俺たちがどれだけ飢《う》えているのかわかっているのか⁉」

「青龍神獣廟《せいりゅうしんじゅうびょう》を壊《こわ》せ！　こんなやつらを加護《かご》する青龍なんて必要ない！」

瑠璃は、どうしてこんなことになってしまったのだろうかと膝《ひざ》をついた。

（皇帝は民を大事にできなかった。国が荒《あ》れ果《は》てた。多くの民が亡《な》くなった。異国に攻《せ》められた。生き残った民は玉洞城に火をつけ、皇帝に刃《やいば》を向けた……）

瑠璃が見ている未来の夢は、あくまでも可能性だ。なにかあれば変わるだろう。

――そう、今ならまだ間に合うのかもしれない。

次の皇帝が袁曹にならないように、皇帝に相応《ふさわ》しい人が玉座を手に入れるべきだ。

「……なのに、どうして私は皇女《こうじょ》なの⁉」

瑠璃はとんでもない未来視をしてしまった翌朝、寝台《しんだい》の上で頭を抱《かか》える。

自分が皇子として生まれていたら、自ら皇帝になるだけの話だった。

皇帝になった民を大事にして、近隣《きんりん》諸国と手を取り合い、采青国を発展させていけばいい。この身に宿る采青国を守護する偉大なる神獣の力は、そのためにあるのだ。

しかし、瑠璃は皇女として生まれてしまった。この国の法律では、皇女は皇帝になれない。

「……私を手に入れた者が皇帝になるのであれば、それを逆手《さかて》に取りましょう」

きっと袁曹は、なにかのきっかけで瑠璃を手に入れた。だからあんな人でも皇帝になれたのだ。

瑠璃は『なにかのきっかけ』の前に、別の人を皇帝にしなくてはならない。

「でも、本当に私を手に入れた者が皇帝になるのだとしたら……」

皇族以外に無理やり嫁《とつ》げば、瑠璃の夫が革命を起こすかもしれない。そのときに間違《まちが》いなく血が流れる。

一番いいのは、皇族の誰かに嫁ぐことだろう。夫を皇太子にして、即位《そくい》させればいい。

「結婚相手は従兄弟《いとこ》になるわね」

次の皇帝選びは、慎重《しんちょう》に行わなければならない。

今はいい人そうに見えても、権力を握《にぎ》ったら変わることもある。

この真実を見抜《みぬ》く青龍の瞳を使って、この国の滅亡《めつぼう》という未来から逃《のが》れよう。

「……誰と結婚しようかしら」

瑠璃が結婚相手選びについて悩《なや》んでいたら、朝の支度《したく》をしている侍女《じじょ》の金祥抄《きんしょうしょう》は淡々《たんたん》と確認《かくにん》してきた。

「瑠璃さまは、ご結婚を考えていらっしゃるのですか？」

「ええ。祥抄だったら皇族の中で誰と結婚したい？　ここだけの話にするから、遠慮《えんりょ》のない意見を聞かせて」

祥抄は、「そうですね」と瑠璃の髪をとかしながら考える。

「結婚するなら、文長《ぶんちょう》皇子殿下《でんか》でしょうか」

「文長お兄さまと？」

あの優《やさ》しいだけが取《と》り柄《え》の異母兄《あに》の顔を思《おも》い浮《う》かべた瑠璃は、つい眼《め》を細めてしまった。

「猫《ねこ》にとてもお優しい方ですからね」

「……それはそうだけれど。ああ、優しい人が好みなら、高福《こうふく》叔父さまはどう？」

瑠璃は、早くに母親を亡くしてしまった自分をいつも気にかけてくれる父の異母弟《いぼてい》の名前をくちにした。

けれども、祥抄は首を横に振《ふ》ってしまう。

「高福皇弟殿下には、猫よりも可愛《かわい》がっているご子息さまがいるではありませんか」

「あ、そうだったわね。名前は……」

瑠璃は、高福に最近できたばかりの『訳ありの息子』の名前を思い出した。


「──〝蒼天《そうてん》〟」


瑠璃の大好きな叔父である高福には、優娜《ゆうな》という名前の美しい妻がいた。

あるとき彼女は高福と結婚していながらも、とある武官と駆《か》け落《お》ちして子を産んだ。その子が蒼天だ。

蒼天は両親から自分の出自についてなにも教えられていなかったので、両親が亡くなってからは平民出身の武官として働いていたらしい。

しかしつい最近、蒼天の生まれが明らかになる出来事があったのだ。

そのときに、高福はとんでもないことを言い出した。

──陛下、やはり志《し》蒼天は僕と優娜の息子でした……！　僕にこんなにも似ています！

蒼天の年齢《ねんれい》を考えると、たしかに優娜の駆け落ち事件の前後にできた子だ。

けれども高福との子なのか、駆け落ち相手との子なのか、亡くなってしまった優娜本人にもわからないだろう。

（……誰がどう見ても〝蒼天〟は高福叔父さまに似ていないのよね。優娜にはよく似ているらしいけれど）

結局、高福の強い希望により、蒼天は高福の息子として認められることになった。

平民出身の武官でしかなかった蒼天は皇族の一員になったあと、それはもう歴史に残る大出世をして禁軍の名誉職《めいよしょく》についたらしい。

「蒼天さまは、人間の中でとても格好いい方だと評判です」

「そうだったの。でも、顔はどうでもいいわ」

瑠璃は、遠くから見たことがある蒼天の姿を思い浮かべる。

——たしか、妻がいるという話はなかったはず。

そんなことを考えたあと、ふっと笑った。

「そうね。私の結婚相手として大事にしなければならないものをもっていたら、妻がいてもいいわ。皇女の私が嫁げば、私が正妻よ。元の妻は側室になるだけ」

瑠璃の発言に、祥抄はわずかに眼を見開く。

「まさか……瑠璃さまは既婚者《きこんしゃ》もありなんですか？　人間の倫理観《りんりかん》だと、そういうのはよろしくないと学びましたよ」

「国の命運を懸《か》けた結婚だもの。皇女の権力はこういうときに使うべきよ」

このとき瑠璃は、自分が皇女でよかったと改めて思った。

「とりあえず、結婚相手候補の好みを探《さぐ》らないとね。結婚相手を私にしっかり惚《ほ》れさせないといけないもの。相手の意思を無視した結婚によって不仲になってしまったら、私の目的は果たせないわ」

瑠璃は恋《こい》をしたことがないので、恋の駆《か》け引《ひ》きの経験も勿論《もちろん》ない。

それでも、相手の好みに合わせることで恋の勝率を上げていくべきだということぐらいは知っていた。

第一章

志蒼天《しそうてん》は、平民出身の青年武官だ。

人に好かれる爽《さわ》やかな容姿と誠実そうな雰囲気《ふんいき》を存分に活用し、上下関係に加えて身分と派閥《はばつ》が関わってくる面倒《めんどう》な禁軍《きんぐん》社会を、なんとか生き抜《いぬ》いていた。

——老いてもこのまま武官でいられますように。

蒼天の願いはささやかなものではない。平民出身の武官は、なにかあったら責任を押しつける先として最適なので、長く生き残ることがとても難しいのだ。

蒼天は『老いるまで武官でいる』という大きな野望を抱《いだ》きながら、上司の顔色を窺《うかが》い、蹴落《けお》とそうとしてくる同期の攻撃《こうげき》をなんとかかわし、足を引っ張ってくる部下に巻きこまれないよう日々苦労していた。

しかしあるとき、運命が大きく変わる。

実は皇族の血を引いているかもしれないと言われて、いやいや違《ちが》うんじゃないかな～と思っていたら、本当に皇族の一員になってしまったのだ。

——正直なところ、蒼天の周りも「違うんじゃない？」と首を傾げていた。

しかし、蒼天の父かもしれない皇弟の高福だけは、「僕にこんなにも似ています！」と言い張り、押し切ってしまったのだ。

最終的に蒼天は、皇族の証《あかし》である青石を使った宝剣《ほうけん》を授《さず》けられ、皇族としての人生を歩んでいくことになった。

（まぁ、もらえるものはもらっておくか）

皇族になれば、武官を辞《や》める未来に怯《おび》えなくてすむ。

これからは他の皇族の敵意を買わないように大人しくしつつ、今のうちに節約して金を稼《かせ》いでおこう。そうしておけば、次の皇帝《こうてい》に「やっぱりお前は皇族として認めないから」と言われても、貯《た》めた金をこっそりもってどこかでのんびり暮らすこともできるはずだ。

蒼天は、密かに立てた新たな人生設計を大事にしていた。

けれども、突然それを破壊《はかい》しようとする可憐《かれん》な少女が訪ねてきてしまう。

「初めまして。私の顔と名前ぐらいは知っているだろうけれど、改めて挨拶《あいさつ》するわ。私は皇女《こうじょ》の瑠璃《るり》で、貴女の従妹《いとこ》よ。貴方《あなた》のことが好きになったから、貴方と結婚《けっこん》したいの」

美しい銀髪《ぎんぱつ》にきらきらと輝《かがや》く柘榴色《ざくろいろ》の瞳《ひとみ》が印象的な、皇女の中で最も『傾国《けいこく》』という言葉が似合う美少女は、ちょっとした鑑賞物《かんしょうぶつ》だ。

武官である蒼天は、皇族の名前と顔を勿論《もちろん》一致《いっち》させていた。少し前までは高福の護衛をしていたので、高福の姪である瑠璃を見たことも何度かあった。それでも間近で改めて見たら、評判以上の顔だと口笛を吹《ふ》きたくなる。

「……ん？　結婚したい？　誰《だれ》と？」

蒼天はとんでもない美少女の顔を見るのに忙《いそが》しかったので、瑠璃の発言内容をすぐに理解できなかった。

瞬《まばた》きを繰《く》り返《かえ》せば、目の前の瑠璃はにこりと笑う。それはとても魅力的《みりょくてき》な微笑《ほほえ》みで、この子に甘えられたらなんでも言うことを聞く男はいくらでもいるだろうな、と考えてしまった。

「私は貴方と結婚したいの」

「俺と結婚……俺？」

蒼天が自分を指差せば、瑠璃は笑顔《えがお》で頷《うなず》く。

この可憐な顔をしっかり視界に入れた蒼天は、瑠璃の顔に感心しながら、求婚《きゅうこん》の返事を考えた。

——もらえるものはもらっておく主義だけれど、さすがに皇女はもらえないな。

立て直した人生設計に瑠璃が加わると、大幅《おおはば》な修正が必要になる。その修正は、蒼天にとって好ましくないものだった。

蒼天《そうてん》の屋敷にやってきた瑠璃《るり》は、蒼天に求婚した。誰だって初めての顔合わせで求婚されたら驚《おどろ》くだろうから、瑠璃は蒼天の返事をゆっくり待つつもりでいる。

——この人の好みが『可愛《かわい》い女の子』でよかった。私の顔なら絶対にいけるわ。

瑠璃は侍女《じじょ》の祥抄《しょうしょう》に頼《たの》み、蒼天の部下や同期の友人たちに声をかけ、蒼天の女性関係
と女性の好みを調べてもらった。

その結果、付き合っている人はおそらくいなくて、可愛い女の子には普通《ふつう》に興味をもち、
その手の好みの話題になったら「守りたくなる人」と言っていたらしい。

ちなみに瑠璃は周囲の人に『守りたくなる人』の定義について尋《たず》ねてみたところ、

「どこかに頼《たよ》りないところがある方ですね。傍《そば》についていたいと思えるので」

「無邪気《むじゃき》な笑顔、でしょうか。この笑顔を守りたいという言葉がありますから」

「仕方ないで許せる可愛さかなぁ」

という意見が得られた。

（つまり——……『笑顔が可愛くて詰《つ》めの甘い女の子』ということね）

瑠璃は蒼天の好みに合わせた設定を、きちんとつくってきてある。あとは会話や態度からそれを見せていけばいい。

「……えーっと、そうですね。瑠璃さまは本気なんですか？　誰かと賭《か》けごとをして、負けて求婚してこいと言われたとか、そういう話ではなくて？」

瑠璃と蒼天は今、蒼天の屋敷の応接室で向かい合って座っていた。

蒼天は周りをきょろきょろ見て、「嘘《うそ》でした〜！」と入ってくる人がいるのではないかと警戒《けいかい》してしまう。

「本気の話よ。貴方が好きだから結婚したいの」

瑠璃が上目遣《うわめづか》いで蒼天を見れば、蒼天の視線が泳ぐ。

「……いつ好きになったんですか？　これが初めての会話ですよね？」

「この間、異国からきた客人が剛毅《ごうき》お兄さまに絡まれていたでしょう？　貴方はすぐに機転を効かせ、客人を助けていた。そのときに優しい人だと思ったのよ」

「あ〜……そんなこともありましたね」

このとき瑠璃は心の中で、「実際にその場面を見たわけではないけれど」と付け加えた。

（恋《こい》のきっかけは、『貴方が優しいから』という可愛いものにしておかないと）

想定通りの展開になってくれたので、瑠璃はそわそわしてくる。蒼天の視線は瑠璃の顔に注がれているので、この顔が好みなのは間違《まちが》いないだろう。

——この顔に感謝しないと！

今までどれだけこの顔を褒《ほ》められても「あら、そう」で終わっていたけれど、顔がいいというのは瑠璃の人生設計を助けてくれることもあるようだ。

「そうですね……」

蒼天はう～んと唸《うな》り、瑠璃に申し訳なさそうな顔を向ける。

「これは俺にとって分不相応なお話です。なかったことにさせてください」

瑠璃は蒼天に『お断り』をされたあと、少し考えてから眼《め》を円《まる》くした。

「……どうして⁉」

「もらえるものはもらっておく主義ですが、皇女さまとなれば話は別です。皇女さまは結婚に対してもっと慎重《しんちょう》になるべきでしょう」

蒼天は瑠璃を傷つけないように、瑠璃が悪いのではなくて、皇女が結婚するなら「好き」だけでは無理なのだと伝えた。

「貴方は皇族の一員で、皇帝の甥《おい》に当たる人よ。公主《こうしゅ》である私とは従兄妹《いとこ》という関係になるわ。私の結婚相手として申し分ないはず」

蒼天は、たしかに釣《つ》り合《あ》いという意味ならば適切な結婚になると納得《なっとく》する。なので、仕方なく断り文句を変えることにした。

「瑠璃さま……。人には好みというものがあります」

「好み？　可愛い女の子は好みじゃない？　私は可愛くない？」

瑠璃が傷ついたという表情をつくれば、蒼天は怯《ひる》んだ。

「いいえ、瑠璃さまはとても愛らしい方だと思います」

蒼天は首を横に振《ふ》ったあと、意を決したようにくちを開く。


「――ですが、可愛いだけじゃ駄目《だめ》なんです」


瑠璃は「えっ？」と呟《つぶや》き、眼を見開いた。

その間に蒼天は素早《すばや》く立ち上がり、瑠璃を扉《とびら》まで誘導《ゆうどう》する。

「寒い日が続いていますので、お身体《からだ》に気をつけてください」

そして勝手に別れの挨拶をし、廊下《ろうか》で待機していた瑠璃の侍女と思われる女性に目配《めくば》せをして、扉を静かに閉めた。

蒼天にさり気《げ》なく部屋から追い出された瑠璃は、慌《あわ》てて振り返る。

「瑠璃さま……あの無礼な男を殺してきた方がよろしいでしょうか？　あの男からは手強《てごわ》い気配を感じていますが、おそらく半日頂ければ可能かと」

侍女の祥抄は、心配そうな顔を向けてきた。

瑠璃は腰《こし》に手を当て、ふふふと笑う。

「安心して。ここまで作戦よ」

「そうなのですか？」

「ええ。断られることを考えていなかったという詰めの甘さを見せることも大事だから。その方が可愛くて守りたくなるもの」

いくら好みと一致していたとしても、蒼天が初対面の相手から求婚されたときに即答《そくとう》で「はい」と言ってしまう人間では困る。瑠璃の未来の夫は、そこまで間抜《まぬ》けであってはいけない。最低限の警戒心ぐらいはもっていてほしいのだ。

ちなみに、最低限の警戒心をもっていた蒼天は扉に耳をつけ、廊下にいる瑠璃の様子を窺っている最中だった。

「——たった今、瑠璃さまの詰めの甘さが天然で表れましたよ。まぁ、これはたしかに可愛いかも」

蒼天は瑠璃に対して、爪《つめ》の先ほどの好意を増やす。

その間に、瑠璃は応接室の扉を祥抄に開けさせた。

「ちょっと待ちなさい。話は終わっていないわ」

瑠璃は再び応接室に入り、椅子《いす》に座り直した。

蒼天はやれやれと思いつつ、美術品に匹敵《ひってき》する瑠璃の顔を眺《なが》める。

「可愛いだけじゃ駄目と言ったわね。では、他になにを求めているの？」

蒼天は瑠璃に「常識的な価値観かなぁ」と思ったけれど、言えなかった。なぜかというと、皇帝の娘《むすめ》と皇帝の甥の地位を比べたら、皇帝の娘の方が圧倒的に高いからである。瑠璃に対して『非常識な人間』という失礼な評価をしてはならない。

「えーっと、他に三つ……ですかね。まずは……やはり、結婚したら正妻に家を任せることになります」

「そうね。屋敷の管理は正妻の務めだわ」

そのぐらいのことはわかっていると瑠璃は頷く。

「この屋敷はつい最近、父にもらったものです。まだ手入れできていません。……貴女《あなた》はこの屋敷を皇族に相応《ふさわ》しいものへつくり変えることができますか？」

「ええ。できるわよ。五日間ほどちょうだい」

蒼天は、元は平民である。「屋敷をもらったのなら、皇族らしいものにした方がいいよ」と友人に言われても、皇族らしい屋敷というものがさっぱりわからなかった。

自分の審美眼というものに自信がまったくなかった蒼天は、五日後に金もちの友人を連れてきて、瑠璃の模様替えについての意見を聞くことにする。

「早速《さっそく》、作業開始よ。まずは私の部屋からね」

「……ちょっと待ってください!?　泊《と》まっていいとは言っていません！」

「この屋敷で暮らさないと、改善点はわからないわ」

瑠璃の言葉は、その通りだと頷けるものである。

見栄《みば》えがいいだけの屋敷と心地《ここち》よく暮らせる屋敷は、まったく違うものだ。

「しばらくは好きにさせてちょうだい」

瑠璃は正妻の腕《うで》の見せどころねと気合を入れ、蒼天を置いて応接室から出た。

「祥抄、屋敷の中を散歩するわよ」

瑠璃は祥抄を連れて屋敷の中を歩き回る。

歩くとぎしぎしと軋《きし》む床《ゆか》に、傷がついている扉に、なにも飾《かざ》られていない壁《かべ》。

蒼天の屋敷は、必要なものがあるだけという状態のようだ。

「まずは……決めたわ。ここを私の部屋にしましょう。あとで家令《かれい》に伝えてちょうだい」

「承知致《いた》しました」

瑠璃は、北側の建物の一番広い部屋をもらうことにした。

屋敷の主人は蒼天だけれど、瑠璃は皇女で蒼天よりも尊い存在である。蒼天の部屋は、二番目に広いところへ移そう。

「季節の先取りは必要よ。梅を中心に模様替えをしていくわ」

屋敷の偵察を終えた瑠璃は、模様替えの方針を決める。それから、この屋敷の家令を呼び出した。

「私はこの屋敷の主人の婚約者《こんやくしゃ》なの。今日からこの屋敷を管理していくから、貴方にも手伝ってもらうわ」

「承知致しました」

　家令は瑠璃の婚約者発言に驚かず、丁寧《ていねい》に頭を下げる。

　あとで家令は蒼天に「どういうことでしょうか？」と聞くかもしれないし、蒼天は「婚約者ではない」と答えるかもしれない。けれども、蒼天よりも瑠璃の方が偉《えら》いので、家令は最終的に瑠璃へ従わなくてはならないのだ。だから、この対応で正解なのである。

　しかしそれにしても……と、瑠璃はちらりと家令の顔を見た。

（随分《ずいぶん》と若い家令ね。家令を選んだのは高福叔父《おじ》さまだろうけれど、主人に合わせてあえて若くて有能な人にしたのかしら）

　家令に頼んで倉庫から運び出してもらった調度品は、庭で埃《ほこり》を払《はら》い、拭《ふ》き掃除《そうじ》を済ませてもらう。それから応接室に移動させた。

　瑠璃は調度品をじっくり見て、今すぐ使うものと、他の季節に使うもの、それからおそらく使わないものに分類していく。

「片付けるときにどこにしまったのかを、きちんと記録しておいて。ああ、この札をつけたものは奥に入れていいわよ」

　瑠璃は使わないものという札をつけたものの中から、価値の低いものは売《う》り払《はら》うように命じた。

「この屋敷は高福叔父さまの別荘《べっそう》よね？　元々の管理人は貴方？　それとも別の人？」

使用人たちが慌ただしく動く中で、瑠璃が気になったことを家令に尋ねれば、家令はこの屋敷の歴史を丁寧に答えてくれる。

「ここはかつて別の方が使っていた屋敷だそうです。しばらく空き家になっていました。皇弟殿下が若旦那《だんな》さまのためにご購入なさったあと、急いで手入れすることになりまして……」

「そういうことなら、かつてこの屋敷で働いていた人たちを呼《よ》び戻《もど》すのは大変そうね」

元々が空き家だったのなら、人が住めるようにするだけで精一杯だっただろう。

寧ろこの短期間に素晴らしい仕事をした家令たちを、誉めてやらなければならない。

「足りないものを急いで手配して。自分で選びたいからここに商人を呼んでほしいわ」

「承知致しました」

調度品の選別を終えた瑠璃は、これから使うものをしっかり磨《みが》いてほしいと頼む。傷《いた》んでいるものがあれば修復するよう命じ、もう駄目になっていたものは処分するように命じた。

それから調度品を各部屋に運びこませ、配置し直す。

瑠璃が夜までにできたのは、ここまでだ。

「まずまずね」

瑠璃は陰干《かげぼ》し中の掛け軸を見ながら、今日の作業の成果を思い返す。

そんな楽しげな瑠璃の姿を、蒼天は遠くから感心した表情で眺めていた。


蒼天《そうてん》は禁軍所属の武官である。

皇族として認められたあと、禁軍内で異例の大出世を果たし、後方支援《しえん》を担当する責任者の『相談役』という名誉《めいよ》ある職を頂いた。

現在の仕事内容は、手元に届いた書類の最終確認《かくにん》をして、問題がなかったら戻すというただそれだけのものである。

ちなみに届いた書類に問題があって、蒼天がそれを見逃《みのが》してしまったとしても、蒼天に責任はない。蒼天は「これでいいだろうか」と、ただ相談されただけだからである。

これは皇族のために用意された、『出勤すること』を目的とした仕事だった。

「よぉ、仕事をもってきたぜ」

同期の友人が蒼天に書類を一枚もってくる。

友人は蒼天に勧《すす》められる前から勝手に椅子へ座り、「休憩《きゅうけい》～」と腕を伸《の》ばした。

「あまりさぼるなよ」

蒼天がおいおいと苦笑《くしょう》したら、友人はため息をつく。

「そうは言っても、上司の嫌味《いやみ》を聞く係にうんざりしているんだよ」

蒼天は皇族になった。だからたとえ同期の友人だとしても、蒼天へ気軽に話しかけてはいけない。

けれども蒼天は、皆《みな》に見られていないところではいつも通りに話してほしいと友人たちに頼んでいた。

「まさか蒼天が同期の誰よりも早く楽隠居《らくいんきょ》とはなぁ。お前、最後まで勤め上げられるように涙《なみだ》ぐましいほどの努力をしていたから、早々に報《むく》われたのかもな。いいとこの坊《ぼっ》ちゃん相手の訓練だと、いつも手を抜いて負けてあげていたし」

「そんなことをしたっけ？　覚えていないなぁ」

蒼天は、つい最近までしていた自身の努力を思い出した。

官吏《かんり》社会というのは、とても面倒だ。

こいつは使えるぞと思われないと、なにかあったときに切り捨てられてしまう。けれども、目立ちすぎると出世の邪魔《じゃま》だと思われて潰《つぶ》されてしまうのである。

「ああ、そうだ。今度、家に遊びにこないか？」

蒼天はさり気なく話題を変えた。

友人は特に気にすることなく、蒼天の誘《さそ》いを喜んでくれる。

「いつでもいいぞ。広い屋敷に一人だとやっぱり寂《さび》しくなるよな」

「………」

蒼天は、そうでもないと言いそうになったけれど我慢《がまん》した。

今、大きな新居には押しかけ妻がいて、屋敷を大改装している最中である。そのため、家の中はとても賑《にぎ》やかだ。

「なにかやっているなぁ」とぼんやり見ているだけなのに、家の中がどんどん整っていく様子はとても面白い。

一昨日《おととい》は帰宅したら、草取りだけはしていますという庭が立派なものになっていた。

（瑠璃《るり》さまを武官的に評価するなら、〝使えるやつ〟なんだよなぁ）

どうやら蒼天は、皇女というものを舐《な》めていたらしい。

彼女は自身の屋敷を管理できるように、しっかり育てられていたのだろう。

（細かいところにいちゃもんをつけるよりも、家の管理以外のところで無茶なことを要求して、『やっぱり俺の嫁《よめ》になるのは無理そうですね』で断る方がよさそうだ）

蒼天は、今後の方針を決めながら屋敷に帰った。

今夜の屋敷もまた、色々な人が出入りしていて賑やかだ。見ているだけでもかなりの暇《ひま》つぶしになる。

時折、瑠璃の侍女から探《さぐ》るような視線をもらうことだけは気になっていたけれど、それは無視しておいた。

（この祥抄《しょうしょう》という瑠璃さまの侍女、どういう経歴なんだ？　元は異国の女性武官とか？）

瑠璃の侍女からは、武官の誰よりも強い気配を感じる。

武官の蒼天は、一度でいいから祥抄に手合わせを頼んでみたい気持ちがあったけれど、瑠璃の周りに深入りするのはよくないと我慢した。

「そういえば、そろそろ使用人の教育もしないとなぁ」

蒼天は胸を張って満足そうにこちらをちらちら見ている瑠璃に、ひとりごとを聞かせておく。

すると翌日、仕事を終えて帰ってきたら、使用人の質が急に上がっていた。頭を下げるときの角度が揃《そろ》っているし、返事の仕方や並んだときの間隔《かんかく》も、きちんと統一されている。

「故郷の味が恋しいかも」

瑠璃が「褒めてもいいのよ」と言わんばかりにちらちら見てきたときを狙《ねら》い、蒼天はまたもやひとりごとを言う。

すると、次の食事のときには、蒼天の故郷の味つけのものが出てきた。見た目は皇族の食事に相応しい上品な煮物《にもの》に見えるけれど、味はあの懐《なつ》かしい素朴《そぼく》なものだ。

（皇女さまは食事内容の管理もできるのか。申し訳ないぐらい働いてもらっているな。

……でも折角《せっかく》だし、もらえるものはもらっておくか）

瑠璃本人は『詰めの甘いところが可愛い皇女』を演出したいようだけれど、瑠璃の正妻としての仕事ぶりに詰めの甘さはない。

最初の設定を忘れているような気がするので、蒼天は軽く指摘《してき》してみる。

「瑠璃さまの完璧《かんぺき》な仕事ぶりに、毎日驚かされているな～」

蒼天がそんなひとりごとを言えば、こっそり聞き耳を立てていた瑠璃がすっといなくなった。さてどうするのかと思ったら、瑠璃は改めて蒼天のところにやってくる。

「予定より準備が遅《おく》れてしまって……五日ほしいと言ったけれど、あと一日だけ延ばしてちょうだい」

瑠璃の申し訳なさそうな声と表情は、とても愛らしい。大抵《たいてい》の人なら、何日でも延ばしていいよと答えるだろう。

しかし蒼天は、瑠璃の見た目の可愛さに心を動かされなかった。

「ははは！」

「っ、なに!?」

「いえいえ、いやぁ、詰めが甘いな……と」

瑠璃はずっと完璧な仕事をしていた。それを指摘された途端、慌てて詰めの甘さをつくってきた。

蒼天はその程度のことでこちらを騙《だま》した気になっている瑠璃の詰めの甘さを、素直《すなお》に可愛いと思ってしまう。

（これも瑠璃さまの計算だったら、とんでもない悪女だって）

結局、瑠璃が自分と結婚したがる本当の理由はよくわからない。

これだけ賢《かしこ》くて人を動かすことに長《た》けた人だから、一目惚《ひとめぼ》れという理由ではないだろう。きっと彼女には、彼女の事情があるのだ。

しかしそれは、自分も同じだった。自分にも自分なりの事情がある。

（皇太子問題が落ち着いていたら、可愛くて有能な押しかけ妻をありがたくもらっただろうけれど）

この国の未来は今、見えないところで激しく揺《ゆ》れ動《うご》いている。

第一皇子と第二皇子が皇太子争いから外れてしまったことで、誰が皇太子に指名されるかまったくわからなくなったのだ。

——今代《こんだい》の皇帝陛下は、有力な皇太子候補を全員殺すという方法で皇帝になった方だ。おそらく、歴史は繰り返されるだろう。

皇太子になりたい者同士の殺し合いが、まもなく始まる。

蒼天は皇族の男子なので、皇太子の資格がある。けれども、現在の評価である『こいつだけは絶対に皇太子指名されない』を保ちたい。

「……まだ死にたくないしね」

皇帝の娘を正妻にして皇帝の義理の息子になることは、皇太子指名を狙っているように見えてしまうだろう。

瑠璃には悪いけれど、蒼天の新しい人生設計に瑠璃がいたら困るのだ。

「さてと、次の作戦に移りますか」

蒼天は、瑠璃への評価を改めていた。正妻に求められる能力というものは、瑠璃にもう備わっている。どれだけ難しいことを要求しても、きちんと応えてしまうだろう。

瑠璃に結婚を諦《あきら》めてもらうためには、瑠璃自身に結婚したくないと思ってもらうしかなさそうだ。

第二章

瑠璃《るり》は六日間かけて蒼天《そうてん》の屋敷《やしき》の模様替えを行った。

まだ細かいところまで拘《こだわ》りきれていないけれど、客人を呼んでも恥《は》ずかしくない屋敷にはなったはずである。

「私の手にかかれば、このぐらいのことは簡単にできてしまうわよ」

応接室にて瑠璃は「さぁ、どうだ！」と、蒼天と向き合う。

——皇女《こうじょ》の宮《きゅう》というのは、己《おのれ》の威信《いしん》をかけた場所である。

異母姉《あね》たちが遊びにきたときに笑われないよう、瑠璃はいつだって季節毎《ごと》に気を遣《つか》っていた。

「瑠璃さまの采配《さいはい》は素晴《すば》らしいです。感動しました」

蒼天は瑠璃を褒《ほ》め称《たた》える。

瑠璃はでしょうねと大きく頷《うなず》いた。

「これで私の正妻としての手腕《しゅわん》は理解できたかしら？」

「はい」

「なら私と結婚《けっこん》してくれるわよね？」

瑠璃は可愛《かわい》い顔で蒼天に迫《せま》る。

蒼天は瑠璃に微笑《ほほえ》んだあと、手のひらを出して瑠璃との距離《きょり》を取った。

「瑠璃さま、正妻とは家の管理だけではなく、側室《そくしつ》の管理もしなければなりません」

「……側室？」

蒼天はたしか未婚《みこん》で、恋人《こいびと》もいないはずだと聞いている。

瑠璃が今のうちから側室を迎《むか》える相談をしておきたいのだろうかと思っていたら、蒼天は廊下《ろうか》に声をかけた。

「三姉妹《さんしまい》を連れてきてくれ」

すぐに廊下から、家令《かれい》の「連れて参りました」という声が聞こえてくる。

扉《とびら》が静かに開けば、三人の女性が部屋に入ってきた。

「初めまして。わたくしたちは旦那《だんな》さまの側室でございます」

瑠璃は、突然《とつぜん》現れた『旦那さまの側室』の顔をじっと見る。

この三人の側室には、それぞれ違《ちが》う美しさや愛らしさがある……はずだ。人の美醜《びしゅう》をいまいち理解できない瑠璃は、あとで祥抄《しょうしょう》にきちんとした評価を聞こうと思った。

「旦那さまの正妻になられる方がいらっしゃったと聞いて、ご挨拶《あいさつ》に参りました」

側室たちはにやにやと笑いながら、蒼天を取り囲む。

瑠璃は側室から蒼天に視線を移し、気になったことを尋ねた。

「側室たちはどこの家の者なの？」

「彼女たちは平民出身の占《うらな》い師《し》です。……それでは、あとは女性同士でゆっくりお話ししてください」

蒼天は腕《うで》を絡《から》めてくる三姉妹をそっと押しのけ、さっと部屋から出ていく。

応接室に残された瑠璃は、祥抄に視線を送った。

「紹介《しょうかい》するように言って」

皇女である瑠璃は、よほどのことがなければ、平民と直接言葉を交《か》わすことはない。

祥抄は頷いたあと、瑠璃の代わりに三姉妹へ向き合う。

「それぞれ瑠璃さまに名乗りなさい」

三姉妹たちはくすくす笑いながら、瑠璃に一歩近づいた。

「わたくしは長女の芙雪《ふせつ》ですわ。水晶玉を使って相手の運命を占っております」

三姉妹の最年長と思われる芙雪は、漆黒《しっこく》の髪《かみ》を高く結《ゆ》い上《あ》げている。茶色が混じった緑色の瞳《ひとみ》には、瑠璃を馬鹿にしたような気配が見《み》え隠《かく》れしていた。すっとした鼻筋にはほくろがあり、そこから色気を放っている。

芙雪の濃紺《のうこん》の絹地の上衣には小さな真珠《しんじゅ》が散りばめられていて、袖口《そでぐち》と裾《すそ》は金糸で縁取《ふちど》られていた。

「あたしは次女《じじょ》の珊月《さんげつ》です」

二女の珊月は、小麦色の波打つ髪を高い位置で一つにまとめている。尻尾《しっぽ》のようにゆらゆらと揺《ゆ》れる髪は、とても柔らかかった。

意志の強そうな薄《うす》い水色の瞳の下には、泣きぼくろがある。

珊瑚色《さんごいろ》の絹地の上衣には、赤い糸で鳥が刺繍《ししゅう》されていた。肩《かた》や胸元《むなもと》には透《す》ける薄布が重なっていて、ひらひらと揺れている。

「わたしは三女の蛍花《けいか》ですぅ……」

三女の蛍花は、柔らかな茶色の髪を二つのお団子にして、花の歩揺《ほよう》をつけていた。栗色《くりいろ》の瞳は丸く、頬《ほお》にも丸みがあって、小動物のようだ。口元には、可愛らしいほくろがある。

濃い桃色《ももいろ》の上衣には、白と赤の花が咲《さ》いていた。

「随分《ずいぶん》と似ていない三姉妹ですね。人間の姉妹というのは、このぐらい似ていないものなのですか？」

祥抄の感想に、芙雪はほほほと笑う。

「わたくしたちは、美しいというところが似ていますわ。そうそう、これからわたくしたちは、正妻さまに大事なお話をしなければなりません。……正妻さま、旦那さまの夜はわたくしたちへお任せになって、どうぞ家の管理だけをしてくださいませ」

芙雪はつまり『旦那さまの寵愛《ちょうあい》は、私たちが頂きます。雑務はよろしく』と言ったのだ。

祥抄は驚《おどろ》いてしまった。皇女である瑠璃に対して、なにからなにまで無礼だったからである。

しかし、瑠璃は寛大《かんだい》な心で三姉妹の失礼な言動を許してやることにした。なぜかというと、この者たちは平民で、礼儀《れいぎ》作法を学ぶ機会がなかったからだ。知らないことを完璧にできる人間はいない。

「私の夫には側室が三人もいたのね。知らなかったわ」

瑠璃がただの事実をくちにしたら、芙雪は眼《め》を輝《かがや》かせた。

「ええ、ご存じないでしょうから、わたくしたちが教えて差し上げましたの」

芙雪はこのとき、瑠璃が泣くか怒《おこ》るかすると思っていた。

城の中で蝶よ花よと育てられた十六歳の皇女が、百戦錬磨《ひゃくせんれんま》の自分たちに敵《かな》うわけがないからだ。

——この側室ごっこ、徹底的《てっていてき》にやってやるわ。

芙雪は自分たちの命の恩人である蒼天に、「俺の側室のふりをして、皇女を怒らせてくれ」と頼《たの》まれていた。勿論、引き受けた。ついでに、皇族の側室生活を少しばかり楽しんでも許されるだろう。

しかし、箱入り育ちの小娘《こむすめ》は、なぜか侍女《じじょ》に向かって満足気に頷いている。

「夫にはいつか三千人の佳麗《かれい》を抱《かか》えてもらうつもりだったわ。既《すで》に三人も抱えているなんて、志《こころざし》が高くてありがたいわね」

瑠璃は蒼天の正妻として、三人の側室を認める発言をした。

三姉妹たちは、想像していた反応を得られなかったので、くちをぽかんと開けてしまう。

「あっ……えっと……」

それでも芙雪はなんとか立ち直り、瑠璃は強がっているだけだと解釈《かいしゃく》する。

そして、「しっかりして」と、心の中で自分を叱《しか》りつけた。

これから瑠璃にありもしない旦那さまとの熱愛話を聞かせ、自分は愛されない正妻だと勘違《かんちが》いしてもらう予定なのだ。

「ああ、そうですわ。折角《せっかく》ですから、わたくしたちと旦那さまの出逢《であ》いの話を……」

語って聞かせましょう、と芙雪は続けるはずだった。

けれども瑠璃は、その言葉を遮《さえぎ》ってしまう。

「その前にやるべきことがあるわね。ここの主人に、貴女《あなた》たちの管理を任されたもの。貴女たちを夫の側室としてどこへ出しても恥ずかしくないように、私がきちんと教育し直すわ。お披露目《ひろめ》できるまでは、私の侍女見習いということにしておきましょう」

瑠璃は、三姉妹を順番に見ていった。健康そうでいいわね、という評価をする。

「礼儀作法、茶、詩歌《しいか》、書、刺繍、香《こう》……なにからなにまで一から仕込んであげる。夫の自慢《じまん》の側室になってもらうわよ」

三姉妹たちは、なんだか予定とは違う方向に話が進んでいる気がしてきた。

しかし、方向性を修正できる蒼天は部屋から出ていってしまったので、互《たが》いに顔を見合わせることしかできない。

「祥抄」

瑠璃は細くてしなやかな手をぱっと出す。

「鞭《むち》を持っておいで」

瑠璃が鞭という言葉を発した瞬間《しゅんかん》、三姉妹たちは「えっ⁉」という顔をし、祥抄は

「直《ただ》ちに」と返事をした。

「瑠璃さまが鞭を所望《しょもう》しておられます」

廊下に出た祥抄は、家令に鞭の用意を頼んだ。

家令はすぐに鞭を用意し、それだけではなくて屈強《くっきょう》な男を三人も用意してくれる。

祥抄は全てを理解している家令に、それでいいと頷いた。

「瑠璃さま、失礼致《いた》します。躾《しつけ》用の鞭がございませんでしたので、馬用の鞭でございます。これで人を叩《たた》くと、すぐに皮膚《ひふ》が裂《さ》けて血が出ますので、ご注意ください」

祥抄は三人の使用人を連れて部屋に入り、瑠璃の手に鞭を乗せる。

瑠璃は鞭に指を滑《すべ》らせ、しならせてみた。

「鞭用の鞭も早めに用意してもらって。きっとこれから毎日使うでしょうから、予備もいるわ」

瑠璃は無造作に鞭を振《ふ》り、鋭《するど》い音を立てた。

三姉妹たちは、これからこの身がどうなるのかにようやく気づく。

「ひっ、ひぃ！」

「助けて！」

「あっ……！」

三姉妹は慌《あわ》てて逃《に》げようとしたけれど、使用人たちによって身体《からだ》を拘束《こうそく》された。このために力自慢《ちからじまん》の男たちが呼ばれたのだと、ここにきてやっと理解する。

「皇女さま、お許しください！　どうかお許しください！」

「今すぐこの家を出ていきます！　二度と顔を見せません！」

「ごめんなさい！　ごめんなさい！」

瑠璃は鞭を手のひらでぺちぺちと遊ばせながら、三姉妹に近づいた。

「今から最初の授業よ。膝《ひざ》をつきなさい」

三姉妹たちはその場でひたすら謝罪を繰《く》り返《かえ》す。

瑠璃はそうではないと鞭を鳴らした。ぴしりという鋭い音を聞かされた三姉妹は、それぞれ悲鳴を上げる。

「聞こえなかったの？　私の言うことに従いなさい。くちを閉じて膝をつくのよ」

瑠璃の再度の命令に、芙雪は絶望した。

きっとこのあと、馬用の鞭で滅多打《めったう》ちにされ、血だらけになるのだ。なんなら、そのまま死んでしまうかもしれない。

身体から力が抜《ぬ》けて座りこんでしまうと、それでいいと瑠璃はにっこり笑う。

芙雪は、とんでもない美人はこんなに恐《おそ》ろしいことをしても愛らしいのだと思い知らされた。

（相手が悪かったわ……。皇女が蒼天さまの正妻になることを聞いた時点で、急いで逃げるべきだった……）

芙雪がせめて一思いに首を落としてほしいと思っていたら、床《ゆか》についていた手の近くに鞭が飛んでくる。

「ひぃっ⁉」

ぴしりという音に驚いていたら、鞭の先が芙雪の膝を指した。

「膝を揃《そろ》えなさい。それから拱手《きょうしゅ》をするのよ。ああ、拱手を知らないのね？　左手の拳《こぶし》を右手で包んで。ほら、早く。私をお手本にして」

芙雪は慌てて瑠璃の言う通りにした。拱手の仕方は勿論《もちろん》知っている。瑠璃を見なくてもそのぐらいはできる。

「指の位置が違うわ。それだと綺麗《きれい》に見えないの。もっと私の手をよく見て」

瑠璃から細かい指導が飛んできた。

「……っ!」

芙雪は慌てて瑠璃の言う通りに指の位置を変えたけれど、瑠璃は首を横に振る。

「なにからなにまでわかっていないようね。まずは礼儀作法から。今から教えるのは、私や私の夫と話すときの姿勢よ。許されるまではこの姿勢を維持《いじ》しなさい」

芙雪がどういうことだと顔を上げたら、膝の近くに鞭が飛んできた。

鋭く恐ろしい鞭の音に、「ひぃ!」とまた叫《さけ》んでしまう。

「貴人《きじん》の顔をじろじろ見るのは、とても失礼な行為《こうい》よ。覚えておきなさい」

芙雪は急いで頭を下げる。すると、視界の端《はし》にちらついていた鞭の先が消えた。

瑠璃は次に珊月の前に立ち、珊月の姿勢を細かく直していく。

「震《ふる》えないでしっかり止まりなさい」

「頭が下がってきているわよ。その位置を維持して」

「足が痺《しび》れてきても身体を動かさない。そう、この状態を全身で覚えておきなさい」

芙雪たちは、手指の位置や、膝の位置、頭の高さ、腰《こし》の曲げ具合といったものを調整されたあと、それを維持するように言われた。

「次はそのまま頭を下げる練習をするわ」

蛍花は、床についたままの膝が痛くて泣きそうになってしまう。

それを見た瑠璃は、「あら」と可愛く小首を傾《かし》げた。

「このままだと膝が痛くなってしまうわね」

もう痛いです、と瑠璃に言える者はいない。

三姉妹は代わりに「そうです！」と言わんばかりに何度も必死に頷く。うっかり顔を上げてしまった珊月は、鞭の音と共に叱られた。

「誰《だれ》か、敷物《しきもの》をもってきてちょうだい。柔らかいものがいいわ」

瑠璃は三姉妹を痛い目に遭《あ》わせたいわけではない。あくまでもこれは貴人になるための授業だ。

美しい拱手、美しい膝のつき方、美しい頭の下げ方……これらを頭と身体で覚えてもらうためにも、痛みで授業が中断したり、集中力が失われるようなことは、あってはならないのである。

「そこに敷《し》いて。芙雪、珊月、蛍花、この上で続きをしましょう」

瑠璃の配慮《はいりょ》に、三姉妹は涙《なみだ》を零《こぼ》した。

それは嬉《うれ》し涙ではない。この授業が続くことへの絶望の涙である。

「もう一度、膝をつくところからやり直して。……ああ、それでは駄目《だめ》。顔を上げないで、下を見たままゆっくりと膝をつくのよ。音は立てないで。裾《すそ》を急いで払《はら》うのも駄目。裾を巻きこみそうになったら、手で丁寧《ていねい》に直すの」

芙雪たちは、膝をつくところから何度もやり直しさせられる。

疲《つか》れてくると、ゆっくりしゃがむということがとにかく辛《つら》い。

それなのに瑠璃は……。

「もう一度やりなさい」

愛らしい顔で、愛らしい声で、とても厳しい指導を続ける。

三姉妹たちはもう限界ですと何度か力なく首を振ったけれど、その度に鞭の鋭い音が耳に入ってきた。

「きゃ〜！」

「ごめんなさい！」

「許してぇ！」

夕食後から始まった瑠璃の礼儀作法の授業は、夜中まで続いた。

三姉妹たちから立ち上がる気力がなくなったあと、ようやく瑠璃は三姉妹を解放する。

「今日の授業はこれで終わりにするわ」

やっと終わった……と芙雪は肩から力を抜きそうになり、慌てて美しい姿勢に戻した。

授業が終わっても気を抜いてはならない。目の前にいるのは皇女だ。この授業はいつでもこの姿勢を保つために行われたのである。

「明日からは、礼儀作法以外のことも教えていきたいわね。下がっていいわよ」

瑠璃が軽く手を振れば、祥抄は三姉妹たちに「お礼を言って、立ち上がって、部屋から静かに出ていくように」と教える。

「ありがとうございました」

瑠璃は力なく礼を言う三姉妹を見て、明日はお礼の仕方を教えることにした。今のままでは、蒼天の前にすら出せない。

(正妻としての指導力が問われるわね)

礼儀作法を知らない側室たちを立派な貴人にし、彼女たちと共に蒼天の帰還《きかん》を喜べば、蒼天も瑠璃の能力を認めるだろう。

「……瑠璃さま、あの程度の指導でよろしいのですか?」

三姉妹が出て行ったあと、祥抄は不満げな声を出す。

「今日は授業初日よ。厳しくしすぎたら可哀想《かわいそう》だわ」

祥抄は瑠璃の優《やさ》しさに静かに感動しながらも、そういうことではないと訴《うった》えた。

「いいえ、側室たちのことです。蒼天さまは瑠璃さまという皇女を正妻としてお迎えになるのです。平民の側室なんて必要ありません。今すぐ追い出すべきです。許可をいただければ、今晩中に……」

祥抄としては、三姉妹は拱手すらろくにできないという評価である。あれではこの屋敷の使用人として働くことも許せないぐらいだ。

祥抄の苛立《いらだ》ちを表すかのように、服の裾がふわりと揺れた。どうやら隠しているものがゆらゆらと揺れているらしい。

「……ねぇ、祥抄。私が気に入らないと言えば、あの三姉妹はこの家を追われてしまう。いつだって辛い想《おも》いをするのは、立場の弱い女性よ。私はそんな女性を一人でも少なくしたいの」

瑠璃もまた、皇帝によって軟禁《なんきん》されたり、結婚できなかったりと、色々なことを制限されてきた。側室たちの気持ちは、瑠璃にも少しだけ理解できるのだ。

「夫が選んだ側室を立派な貴人にする。それは正妻としての務めの一つよ」

瑠璃の言葉に、祥抄は更《さら》に感動する。

——蒼天さまはこの国で一番の幸せ者ですね。もっと瑠璃さまに感謝すべきです。美しくて愛らしく、そしてとても心優しい瑠璃は、祥抄にとって自慢の主人である。

「わかりました。私は瑠璃さまをお支えします」

祥抄は未来の側室たちの指導を頑張《がんば》った瑠璃の手を労《いた》わるため、湯の中でしっかり揉《も》みほぐすことにした。

翌日、蒼天《そうてん》はいつも通りに出勤し、本を読んで過ごす。

途中で友人がきて、新兵訓練を手伝ってくれと言われたので、遠慮《えんりょ》なく槍や剣の訓練相手を務めた。

「……手加減の仕方を忘れた」

武官として訓練に励《はげ》んでいた頃《ころ》は、相手に合わせて勝ったり負けたりする技術を磨き続けていた。しかし今はそんなことをする必要がなくなったため、あの技術がいつの間にか鈍《にぶ》っていたらしく、新兵をあっさり叩きのめしてしまったのだ。

「手加減しない方が、本当はいいんだぜ。敵軍は手加減してくれないからさ」

新兵訓練を担当している友人は、お前がいると楽だ～と肩を回しながら讃《たた》えてくれる。

「今から前線部隊に戻《もど》って、武聖《ぶせい》と呼ばれるのを目指すつもりはないのか？」

蒼天と仲がよかった同期たちは、蒼天の本当の強さを知っていた。

平民出身の武官として上手《うま》く立ち回らなければならなかったときと、皇族になった今とでは、状況《じょうきょう》が違うだろうと言ってくれる。

「武聖はやめておくよ。目立ってもいいことはない」

蒼天が肩をすくめれば、友人は理解を示してくれた。

「ま、そうだな。武官同士のいざこざが、皇族同士のいざこざに変わっただけか」

「そう。このままのんびりするだけの武官でいいんだ」

蒼天はそんなことを言いながら、友人と別れる。

それから仕事が終わる時間までだらだらしたあと、ため息をつきながら立ち上がった。

——瑠璃《るり》さまは、さすがに玉洞城《ぎょくどうじょう》へ帰ってきているだろうな。

皇女として育てられた瑠璃は、自分が大事にされなかったことへ驚いただろう。酷《ひど》く傷ついただろう。しかし、蒼天にも言い分があるのだ。

(俺と瑠璃さまが結婚したら、俺に野心があると思われ、正妻になった瑠璃さままで危険な目に遭わせてしまうんだ)

きっと瑠璃には自分と結婚したい理由がなにかあるのだろうけれど、蒼天でなければならない理由はないはずだ。瑠璃には、別の人と幸せな結婚をしてもらおう。

——瑠璃さまの追い出し作戦に協力してくれた三姉妹には、しっかり礼を言わないとな。

蒼天は自分の屋敷で保護していた占い師の美人三姉妹に、「俺の側室ごっこをして、瑠璃さまを怒らせたり悲しませたりして、この家から出ていくようにしてほしい」と頼んでおいた。

三姉妹たちはお任せくださいと言ってくれたけれど、あまり気持ちのいい役目ではないだろう。

「ただいま」

「お帰りなさいませ、旦那さま」

蒼天が屋敷に帰れば、いつも通りに家令が迎えてくれる。

「皇女さまが応接室にてお待ちです」

「……わかった」

瑠璃は自分に言いたいことがあるようだ。

蒼天は瑠璃の怒《いか》りも悲しみも、そしてなんなら力をこめた拳も、瑠璃の気がすむまで受け止めるつもりだった。

家令に扉を開けてもらった蒼天は、申し訳ないと思いながら応接室に入る。

「お帰りなさい」

そこには、にっこり笑った瑠璃がいた。

瑠璃の後ろには三姉妹が並んでいて、丁寧に頭を下げている。

「ただいま……、帰りました」

「今日もしっかり陛下《へいか》にお仕えしてきたようでなによりよ。……ほら、挨拶を」

瑠璃は後ろに控《ひか》えている三姉妹をちらりと見る。

「──お帰りなさいませ、旦那さま」

「我々一同、お帰りをお待ちしておりました」

「旦那さまの無事に心よりお喜びを申し上げます」

三姉妹たちは、蒼天の帰宅を喜んでくれる。

全員が同じ角度で頭を下げていて、拱手の腕の角度や手の位置も同じで、声の調子も話す速さも同じだった。そして、恐ろしいほどに目が淀《よど》んでいた。

「貴女たちは下がっていいわよ」

「はい。御前《おんまえ》、失礼致します」

瑠璃が三姉妹たちに退出を命じれば、三姉妹たちは揃った返事をし、しずしずと優雅《ゆうが》に歩いていく。

それは、平民出身の占い師とは思えないほどの美しい足捌《あしさば》きだった。

昨日までの三姉妹は、佳人《かじん》のようにみせかけていたけれど、やはり平民出身だと思うような立《た》ち居《い》振《ふ》る舞《ま》いだったはずだ。それなのに、たったのひと晩で中身が入《い》れ替《か》わったかのようになっている。

(ま……さか)

蒼天は瑠璃に恐怖《きょうふ》を感じた。

間違《まちが》いない。瑠璃はあの三姉妹の中身を変えたのだ。皇族の側室に相応《ふさわ》しい礼儀作法を叩きこみ、蒼天の前で披露《ひろう》させた。

──たったの一日でこの状態に⁉　指導者として有能すぎないか⁉

瑠璃に家の管理をしろと言ったら見事にやり遂《と》げ、側室の管理をしろと言ったら蒼天の想像以上の成果を出してくる。

おそらく瑠璃は、そもそも知識量が豊富で、頭の回転が早く、決断力が優《すぐ》れていて、細かいところまでよく見ていて、必要に応じて柔軟《じゅうなん》に対応できる人なのだろう。

（元の能力が高すぎるって……！）

瑠璃はやれと言われたら大抵《たいてい》のことは完璧《かんぺき》以上にやれる人だ。瑠璃に正妻の能力を求めたり正妻としての覚悟《かくご》を問いかけたりしたのは、間違いだった。

「三姉妹にはまだ挨拶を教えただけなの。揃っていないところも多いし……私の指導に詰《つ》めの甘さがあって申し訳ないわ」

蒼天は、瑠璃の言葉にぞっとした。

瑠璃はこれでもわざと詰めの甘さをつくったつもりらしい。

（有能すぎると、詰めの甘さの方向性がずれるのか……）

蒼天は瑠璃のずれたところを可愛いと感じる前に、その能力を恐ろしいと思ってしまう。

「これからも貴方のために、三姉妹を努力させるわね」

「……いやいや、いやいや⁉」

蒼天は、三姉妹をこれ以上こちらの事情に巻きこむわけにはいかなかった。瑠璃に怒られることを覚悟で、側室ではないという話をしなければならない。

「実は……彼女たちは俺の側室ではありません」

蒼天は瑠璃に嘘《うそ》をついたと正直に告げた。

すると瑠璃は、腕を組んで微笑む。

「でしょうね」

「………」

こちらの浅はかな作戦は全てお見通しだったか……と、蒼天は反省した。

しかし有能すぎる瑠璃は、蒼天の想像以上の発想力でこの現状を理解してくれる。

「側室に必要な礼儀作法がまったく身についていなかったわ。彼女たちは、貴方にとって都合のいい一時の遊び相手というところかしら」

「はい⁉」

「大丈夫《だいじょうぶ》よ。私があの子たちを立派な側室にしてあげる。今は侍女見習いということにしておくわね。この状態であの三姉妹を貴方の側室として扱《あつか》ったら、貴方の評判を下げてしまうもの」

「待ってください⁉」

瑠璃は納得《なっとく》しているようだけれど、蒼天はまったく納得できていない。どうしてこうなったのかと焦《あせ》るばかりだ。

「私は貴方から野心というものをあまり感じなかったけれど、どうやら珍しく貴方の本性を見抜けなかったみたい。貴方には女性を何人も囲いたいという野心があったのね」

「野心なんてありません！」

蒼天にそんなものがあるのなら、瑠璃の求婚《きゅうこん》を最初の時点で受け入れている。可愛くて地位の高い皇女がもらえるのなら、しっかりもらっておいたはずだ。

（俺は長生きできたら、それでいいんだって……！）

この願いは、平民の武官のときなら野心だと言えただろう。

けれども皇族の一員となった今は、穏《おだ》やかでささやかな目標と言えるはずだ。

「貴方にはもっと野心を抱《いだ》いてほしいぐらいよ」

「本当に俺は……！」

蒼天は瑠璃の勘違いを訂正《ていせい》したくて、焦った声を出す。

瑠璃はそんな蒼天の気持ちに少しも気づかないまま、それはもうとても可憐《かれん》な微笑みを浮《う》かべた。

「だって私の最終目標は、貴方を〝皇帝〟にすることだもの」

蒼天は、瑠璃の発言に眼を見開く。

瑠璃の本当の目的は一体なんだろうかとずっと思っていて、ここにきてようやく聞けたけれど、蒼天の頭は理解することを拒否《きょひ》した。

(……皇帝？　皇帝って、あの皇帝？)

蒼天は聞き間違えたのだろうかと動揺《どうよう》する。そのまま声を出せないでいたら、瑠璃が息を呑んだ。

「あっ、やだ。今のは聞かなかったことにして。うっかりしていたわ」

瑠璃は大変だわと慌て出す。

蒼天は瑠璃の慌て方から、先ほどの問題発言は本当にただの『うっかり』であることを察してしまった。

(この人は、どこかで詰めが甘い……けれど)

慌てる姿は年相応どころか、普通《ふつう》にひたすら可愛い。

これが違う状況で違う問題発言だったら、蒼天は瑠璃をもっと慌てさせてやろうと思っただろう。好きな子にちょっかいをかける子どものような気持ちになれただろう。

けれども、この瑠璃の可愛さは、蒼天の心にまったく響《ひび》かなかった。

(……俺は、この方と結婚してはいけない)

さすがに皇帝位というものは、もらえるものはもらっておけ精神で受け取っていいものではない。

蒼天は、瑠璃をこの家からできるだけ早く追い出すことにした。

蒼天は寝室《しんしつ》の寝台《しんだい》に寝転《ねころ》がった。

手には『訓明学《くんめいがく》』という本が握《にぎ》られているけれど、開かれることはない。

皇族になったからには、皇族としての教養はもっておくべきだろうけれど、頭の中は瑠璃のことでいっぱいになっていた。

「どう追い出そうか……。相手は皇女だ。帰るように頼むことはできても、断られたらそこで終わる。やっぱり、正妻の条件で無茶なことを要求して、できなかったから諦《あきら》めてくれという方向で……」

瑠璃が本気になれば、父親である皇帝《こうてい》に頼んで、蒼天との結婚を皇帝命令によって強制することもできるはずだ。しかし瑠璃はなぜか、蒼天の意思で結婚を認めてもらおうとしている。

(そこになにか意図があるのか……？　俺を皇帝にしようとしていることと関係があるのか？)

ごろんと寝返《ねがえ》りをうったら、寝室の扉が静かに開いた。

蒼天は武官だ。はっとして飛び起き、寝台から降りて身を低くする。

「……瑠璃さま？」

「ああ、驚かせて悪かったわ。でも、夫婦《ふうふ》の寝室だから、これからはそういうものだと理解してちょうだい」

瑠璃は灯《あか》りをもったまま蒼天の部屋に入ってきた。

蒼天は思わず足を一歩引く。

「夫婦の寝室……？」

「ええ、そうよ。私は皇女だから、私の気分次第で貴方の寝室を訪ねるのかどうかを決めるのが一番いい形だと思ったの」

蒼天は、皇女である瑠璃を尊重しなければならない。それはつまり、瑠璃と夫婦になったとしても、瑠璃と寝台を共にしたいときは瑠璃の意向を伺《うかが》わなければならないということだ。

「今夜は愛人を呼ぶつもりがなさそうだと家令から聞いたし、それなら私が訪ねてあげるべきだと判断したわ。夫婦は仲よくした方がいいものね」

瑠璃は蒼天の手を引き、寝台に行こうと促《うなが》す。

蒼天は瑠璃の手を慌てて振り解《ほど》こうとし、いやいやこんなに細い手を乱暴に扱ったら折れてしまうだろうと反省した。

「瑠璃さま、あのですね、寝台を共にする意味をご理解していらっしゃいますか？」

蒼天としては、瑠璃がなにも知らなくて、夫婦は一緒《いっしょ》に寝《ね》るものだと言い出してくれたら助かる。その場合は、なんとか瑠璃を言いくるめ、部屋に戻すことも可能だろう。しかし……。

「夫婦が寝台を共にする理由なんて一つしかないわ。子作りよ。早く私たちの子をこの腕に抱きたいわね」

「……貴女には箱入り皇女でいてほしかったです！」

瑠璃は夫婦ですることを、きちんと理解していた。

蒼天は、これはまずいと慌てる。

既成事実《きせいじじつ》をつくられたら終わりだ。責任を取って瑠璃と結婚しなければならない。

蒼天は瑠璃の暴走を、ここで絶対に止めなければならなかった。

「あら？　これは？」

瑠璃は寝台の上に置きっぱなしになっていた訓明学に気づき、拾い上げた。これは瑠璃もかつて読んだことがあったので、内容は知っている。

「勉強をしようかと……」

「いい心がけだわ。貴方を見習ってほしい人が異母兄弟に沢山《たくさん》いるわね」

瑠璃は満面の笑《え》みで蒼天を褒《ほ》めた。

しかし蒼天は、居心地《いごこち》が悪くなってしまう。

「読んでいるだけですよ。意味はちっともわかりません」

瑠璃は「そう？」と言いながら、訓明学に視線を落とす。

「どこがわからないの？」

「……この先、なにをしたらいいのかがわかりません」

蒼天は、国とは、政《まつりごと》とは、という話を読むことはできる。そういうものなのかと思う。しかし、それだけで終わってしまうのだ。

「ああ、そこは書いていないものね」

蒼天は、瑠璃に答えを求めていなかった。

けれども瑠璃は、蒼天の概念《がいねん》の話をあっさり理解する。

「座って。皇族というものを理解していないと、訓明学を読んでも正しくその思想を理解できないわ」

瑠璃は訓明学を寝台の端にぽんと置く。そして、自分の隣に座れと言わんばかりに寝台を軽く叩いた。

蒼天は恐《おそ》る恐る瑠璃の隣に座る。

「まずは簡単な問題よ。私が食べるものに困らないのはなぜ？　いつも綺麗な服を着ているのはなぜ？　侍女がいてなんでもやってもらえるのはなぜ？」

瑠璃の問題は、とても優しいものだった。

蒼天は、なにかの引っかけ問題ではないかと思いながら答えをくちにする。

「皇族だから……ですか？」

「そうよ」

瑠璃が正解だと言ってくれたので、蒼天はほっとした。

「皇族は食べものを用意しなくていい。汚《よご》れた服は綺麗にしてもらえる。新しい服もすぐに用意される。なにかを探すことや、なにかをもってくることは、全て周りの人にやってもらえる。生きるためにしなければならないことが、平民より圧倒的に少ない。他のことをする時間が多く与えられている」

瑠璃は蒼天の顔を見て、一番大事なところをくちにした。

「これは青龍神獣《せいりゅうしんじゅう》さまから与えられた時間よ。国のために使うものなの」

国というものは大きい。大きなものを動かすのなら、多くの知識と時間が必要だ。そして、誤った判断を絶対にしてはならない。もしも間違えたら、多くの人々を不幸にしてしまう。

「皇族は、この国のために多くのことを学び、この国のことを常に考え、この国の未来を輝かしいものにするために存在している。だから私は大事にされているの」

「……皇族が大事にされるのは、多くの時間を国の未来のために使うから」

蒼天のまとめに、瑠璃はその通りだと頷く。

そもそものところを理解しなければ、『皇族が大事にされるのは当たり前』という傲慢《ごうまん》な考え方に支配されてしまうだろう。

「皇族はゆっくり気ままに過ごしているように見えても、頭の中ではいつだって国の未来を考えていなければならない。それが皇族の生き方よ」

蒼天は瑠璃の『皇族とは』という授業に、はっとしていた。

皇族になって禁軍《きんぐん》で出世してから、出勤するだけになっている。

暇《ひま》だな……とだらだらする日々に自分で意味をもたせなければならないのだと、ようやく理解できた。

「平民は、生きることが仕事。私たちの仕事は、生きるという仕事を一生懸命《いっしょうけんめい》にしてくれている民《たみ》を大事にすること」

瑠璃は訓明学を拾い上げ、蒼天に渡《わた》す。

「貴方はこの本を読んでいた。青龍神獣さまから与えられた時間を、意味あることに使っていた。皇族としての心得を、教えてもらわなくても理解している。素晴らしいわ」

そんなことはない、と蒼天は言いたくなった。

蒼天の頭の中は、自分のことだけだ。生きることを仕事としていた平民出身の武官だった頃から、なにも変わっていない。

「私は見る目があったわね。やはり貴方こそ皇帝に……なんでもないわ」

瑠璃は満足気に頷いたあと、慌てて言葉を止める。

「今度こそ、訓明学の本当の意味がわかるはずよ。あとでゆっくり読んでちょうだい。夫婦でゆっくり過ごすことの大切さも、この国のために子を成すことも、とても大事なことだから」

蒼天は瑠璃の授業によって、大事なことに気づくことができた。

これから、自分の生き方を見つめ直さなければならない。その時間は自分に与えられている。

今晩はそのことについて考えたい……と思っていたけれど、瑠璃は話の流れをきちんと修正してきた。

——ここで詰めの甘さを見せてくれたらよかったのに！

瑠璃が天然で発揮する詰めの甘さは、仕事の出来を左右することはない。瑠璃はやると決めたことを絶対にやり通す人だ。

「瑠璃さま！　ええっと、そうですね！　今の瑠璃さまには問題があります！」

蒼天が苦《くる》し紛《まぎ》れに叫べば、瑠璃は蒼天の顔をじっと見つめてくる。

「問題？　一体どのような？」

蒼天は言葉に詰まった。そして瑠璃を見て、なんとか断る理由を探す。

皇族としての気高い心。美しく愛らしい顔。守りたくなるほどの華奢《きゃしゃ》な身体。

問題なんてなに一つないけれど、蒼天の頭はなんとか言いがかりのようなものをつくった。

「えーっと、身体が！　そう、細すぎるんです！」

蒼天の叫びを聞いた瑠璃は、自分の身体や腕を見て、そうかしらと首を傾げた。

「武官の貴方と比べたら、誰でも細いわよ」

「いいえ！　ほら、美人三姉妹と比べても瑠璃さまは細いです！　絶対に！」

「どうしてわかるの？」

瑠璃に追及《ついきゅう》された蒼天は、うっと言葉に詰まった。

「手首が……」

「身体の細さは、手首だけではわからないわよ」

「それは……！」

「あっ、そうだったわ。あの三姉妹は貴方の一時の遊び相手だったものね。実際に衣服を着ていない姿を見たことがあって当然よ。でも、私の身体を見たことはないでしょう？ほら、触《さわ》ってみてちょうだい」

瑠璃は蒼天の手を誘導《ゆうどう》し、自分の腰の辺りを探《さぐ》らせる。

蒼天は「ひぇ！」と乙女《おとめ》のような可愛らしい悲鳴を上げてしまった。なにかがおかしいと思ったけれど、必死すぎてどこがおかしいのかはわからない。

それでも両手から伝わってくるこの感触《かんしょく》は……。

「見た目よりも細い……！　これは細すぎます！」

「細いとなにが駄目なの？」

瑠璃はこてんと首を傾げる。

「難産になります！　お子も貴女も危険です！」

蒼天は心の中で「多分」と付け加えた。医者でも産婆《さんば》でもないけれど、細すぎる瑠璃は出産のときにかなり大変だろう。

「……それは困るわね。私も子も無事でいたいわ。どうしたらいいの？」

瑠璃はいつも蒼天の意思を無視して一人で先を走っていたけれど、ここにきて初めて自分から蒼天に歩み寄ろうとする。

蒼天は胸を撫《な》で下《お》ろしつつ、どうにかして皇女への不敬罪による連座での全員処刑《しょけい》という危機を乗《の》り越《こ》えようとした。

「鍛《きた》えましょう」

「それは、身体を？」

「はい。俺は武官です。身体の鍛え方を知っています。皇族の心得を教えてくださった代わりに、鍛え方をお教えします。瑠璃さまの身体が丈夫《じょうぶ》になってからお子のことを考えましょう。生まれてくる命も、貴女の命も、大事にしたいんです」

瑠璃は自分の腕を見て、自分の腰を触り、なるほどと頷く。

「祥抄が貴方の能力を高く評価していたわ。そんな貴方の言うことならば、苦し紛れの出まかせではないでしょう」

蒼天はうっと言葉に詰まった。

しかし瑠璃は、蒼天の怪《あや》しい反応に気づかないまま話を続ける。

「後宮《こうきゅう》でも妃《きさき》が出産で何人も亡《な》くなっていたし、世継《よつ》ぎを生むのはとても大変なことだわ。私たちの子の命を守るためにも、たしかにしっかり鍛えておきたいわね」

「ご理解頂けて本当に嬉しいです……！」

蒼天はようやく安心できた。これで時間稼《じかんかせ》ぎができる。

「どうやって鍛えたらいいの？」

「くちで説明するより、実際にやってみた方がいいでしょう。正しい姿勢で鍛えないと、腰や膝が壊《こわ》れてしまいますから」

「まぁ！　訓練とは危険と隣《とな》り合《あ》わせなのね。知らなかったわ」

「鍛え出してからは、食事の量を増やしてください。そうしないと逆に細くなってしまいます」

「わかったわ」

瑠璃は、夫にするつもりの蒼天が武官でよかったと思った。

普通の皇族を結婚相手にしていたら、危険な出産を回避《かいひ》できなかったかもしれない。

（正妻として努力すべき部分が、まだまだあるみたいね）

蒼天から鍛え方を教えてもらった瑠璃が丈夫な身体づくりに成功したら、次は自分が蒼天の後宮に入ってくる妃たちにそのことを教えてやれる。

蒼天の子を産むはずの妃たちの命や蒼天の子を、できるだけ救いたい。

「では、早速《さっそく》やってみましょう。まずは肩幅《かたはば》ぐらいに足を開いてください。……もう少し広げた方がいいですね」

瑠璃は寝台から降り、言われた通りに立ったまま足を広げる。

蒼天はそのぐらいだと頷いたあと、自分の頭を指差した。

「基本の姿勢を教えます。まずは自分の頭の先に紐《ひも》が結ばれているような想像をしてください」

「紐……」

「天にその紐を引っ張られているようなつもりで、背中をぐっと伸《の》ばすんです。これを維持するために、腹や背中に力を入れましょう。膝は少し曲げておいてください」

「結構大変だわ」

姿勢がよすぎる瑠璃は、膝を軽く曲げるという姿勢に慣れていない。そのため、基本の姿勢を維持しようとしたら、妙なところに力を入れてしまう。

蒼天は悪戦苦闘している瑠璃の隣に並び、自分の胸に手を当てた。

「胸を張ってください。こうです。でも、腰はそらしすぎないように。このままゆっくりしゃがんでいきましょう。踵《かかと》を意識して、そちらに体重を乗せていきます」

瑠璃は蒼天を見ながら、蒼天の説明通りにしゃがみこもうとした。

しかし、身体が後ろへ倒《たお》れそうになる。

「きゃっ！」

「危ない！」

蒼天がぱっと手を出して、瑠璃の身体を支えてくれた。

瑠璃は蒼天の腕に縋《すが》りながら、体勢を立て直す。

「最初は俺が手を添《そ》えておきますね。正しい姿勢を覚えるところから始めましょう。基本の姿勢に戻って」

瑠璃はすっと背中を伸ばし、腹に力を入れて、胸に手を当て、しっかり胸を張った状態で腰を落としていく。

前屈《まえかが》みになっても、腰をそらしすぎても駄目だ。膝が前に出すぎても、膝が広がりすぎても、内側に入りすぎても、鍛えるどころか身体を痛めることになるらしい。

（優雅な最高礼の仕方と同じね。これは毎日練習するしかないんだわ）

瑠璃は蒼天の手に支えられながら腰を落としていったけれど、数回やっただけで息が苦しくなった。これはとんでもない運動だ。

「武官は、いつも、どれぐらい、やっているの……⁉」

「百回ぐらいは準備運動ぐらいのつもりでやっていますね。他にも鍛えなければならない部位はありますし」

「武官って、……すごい、……のね！」

瑠璃は十回ほど蒼天の支え付きでやったけど、もう立ち上がれないほどに疲れてしまう。特に太ももが辛い。がくがくと震えている。

「……瑠璃さま。本当にもっと鍛えた方がいいと思います」

立てなくなってしまった瑠璃に、蒼天は引いた。こんなにか弱くて生きていけるのかと本気で心配した。

「脚が……もう……」

息を切らしている瑠璃に、蒼天はそれならばと次の提案をする。

「次は腕を鍛えましょう。身体はどこも鍛えておいた方がいいです。どこかを痛めたとき、周囲の筋肉をより使うことになりますから」

右脚を痛めたら、右脚を庇《かば》って左脚をより使う。傾《かたむ》きやすい身体を支えるために、手もより使う。

今から全身を鍛えておけば、なにかあったときにより使われることになる脚や手を痛めずにすむ……という説明を蒼天はした。

「脚は使いません。こう手を伸ばして……」

蒼天はうつ伏《ぶ》せになり、両手を顔の近くにつけて身体をもち上げた。

瑠璃は蒼天の真似《まね》をしてみたけれど、手と腕だけで身体を持ち上げるというのは、かなりの重労働だ。

「手のひらをつく位置によって、鍛えられる部分が変わります。背中、胸、腕……どこも少しずつやっていきましょう」

蒼天の指示通りに、瑠璃は腕を曲げて身体を下げようとする。

しかし、腕はなかなか曲がらないし、なんとか少し曲がっても上がらない。蒼天が手伝ってくれないと、腰の位置が安定しなかった。

「最初は少ない回数しかできなくても大丈夫です。まずはやり方を覚えることが大事なんです。ゆっくり鍛えないと、身体を壊しますからね」

瑠璃の腕が震えて使えなくなったら、蒼天は寝転がったままでもできる鍛え方を教えてくれる。

仰向《あおむ》けに寝転んだ状態で脚を伸ばし、膝を少し曲げ、踵を少し浮かせる……という鍛錬は、腹部に効果があるらしい。

(脚が上がらない……!?)

不思議なことに、腹に力を入れないと脚がまったく上がらなかった。

瑠璃は人体の仕組みというものに驚きながら、それでも必死に脚を上げ下げする。すぐに全身がぷるぷると震えて、どうすることもできなくなってしまった。

「今日はこのぐらいにしましょうか」

「……そうね」

蒼天は本日の授業の終了《しゅうりょう》を告げた。

床に転がったままの瑠璃は、どこもかしこも汗《あせ》でぐっしょり濡《ぬ》れていることにようやく気づく。息が荒《あら》く、喉《のど》が痛い。全身の感覚がいつの間にかなくなっていた。

「このままだと身体が冷えてしまいますので、お湯を用意させます」

「……そうして」

瑠璃は立ち上がれないことをみっともないと思ったけれど、自力ではどうすることもできないので諦める。代わりに唯一《ゆいいつ》動かせるくちを使い、蒼天に指示を出した。

「ここには誰も入れないで。こんな姿を見られるわけにはいかないわ。あと着替《きが》えも用意させてちょうだい」

「わかりました」

蒼天は瑠璃と違って、涼《すず》しい顔をしている。瑠璃のために見本を見せていたはずだけれど、汗ひとつかいていない。

瑠璃は武官の身体の強さというものに、心から感心した。

「旦那さま。お湯をお持ちしました」

「ありがとう。俺が持っていくよ」

廊下から話し声が聞こえてくる。

幸いにもこの寝室の入り口のところには衝立《ついたて》があり、扉を開けても中が見えないようになっていた。

大きな盥《たらい》とお湯を入れた桶《おけ》をもってきた蒼天は、瑠璃の近くに置いてくれる。

「では、俺は外に出ていますね」

蒼天にとっては、沐浴《もくよく》は自分でするものである。

瑠璃もそうしているものだと思っての発言だったけれど、なぜか瑠璃に引き止められた。

「なにを言っているの？　貴方が私の身体を清めるのよ」

瑠璃のとんでもない要求に、蒼天は固まってしまう。

「……いやいや、侍女を呼びますから」

「こんなみっともない姿、侍女にも見せられないわ。汗を沢山かいていて、指すら動かせないのよ。貴方が私の沐浴の手伝いをしなさい」

瑠璃はため息をついたあと、蒼天にすべきことを教える。

「その盥に私を乗せて、服を脱《ぬ》がせて、お湯をかけるの。ゆっくりね」

蒼天は瑠璃と盥を交互《こうご》に見たあと、眼を見開いた。

「待ってください！　それは男にさせてはいけないことです！　俺は男です！　貴女は皇女です！　これはいけません！」

蒼天が拒否を示せば、瑠璃は気だるげに顔を上げる。

「貴方は私の夫になるのよ。私の裸《はだか》を見せてもいい相手なの。早くして。身体が冷えてきたわ」

「夫になることはありません！　侍女を呼んできます！　今すぐに！」

「わかっていないようだから、もう一度言うわね。このみっともない姿を使用人に見せろと？　貴方、私が誰なのかわかっているの？」

「瑠璃公主《こうしゅ》……です」

「わかっているのなら、早く清めてちょうだい」

蒼天は青龍神獣に言い訳してしまう。

――いずれ訪《おとず》れる出産のときのために、身体を鍛えましょう。

そんな嘘をついて瑠璃を鍛えて夫婦の夜というものを誤魔化《ごまか》そうとしたら、沐浴の手伝いをさせられることになってしまうなんて、想像もできなかったのだ。

これは自業自得《じごうじとく》である。誰にも同情してもらえないだろうけれど、せめて青龍神獣だけには憐《あわ》れんでほしかった。

「できるだけ見ないようにします！」

「見てもいいわよ。貴方は私の夫になる人だから」

「駄目です！　絶対にいけません！」

蒼天は瑠璃を抱えて盥に乗せ、首が捩《ね》じ切《き》れるほど真横を向きつつ、手探《てさぐ》りで瑠璃の服を脱がせていった。

「あっ……」

「すみません！」

「帯が絡まっただけよ。……駄目だわ。指も動かせない。貴方が解いて」

「ひゃっ⁉」

蒼天は、「きゃー！」とか「ああっ！」とか乙女のような悲鳴を上げつつ、瑠璃の服を脱がしていく。それが終われば、瑠璃を見ないようにお湯をかけていった。

「ちょっと！　どこにかけているの⁉」

「すみません！　本当にすみません！」

「もう少しこっちにかけて」

「こっちってどっちですか⁉」

蒼天はぐったりしている瑠璃を支えながら、なんとか瑠璃の沐浴をすませる。

可憐な悲鳴を上げながら瑠璃の濡れた身体を拭《ふ》き、服を着せ、濡れた瑠璃の髪を拭き終わったあと、はぁ……と息を吐いた。

「あら、やっぱり貴方も疲れたの？　お手本を見せてくれたものね」

「……そういうことにしてください」

蒼天は、皇女という存在がとても恐ろしくなる。

なぜかというと、皇女と平民出身の蒼天の常識がぶつかったら、公主である瑠璃が絶対に勝つからだ。

蒼天は、公主という嵐《あらし》に翻弄《ほんろう》されるちっぽけな人間でしかないことを思い知らされてしまった。

「瑠璃さま、水をどうぞ。いつもより水も多めに取ってくださいね」

「わかったわ。手を添えて飲ませて」

「…………はい」

蒼天は瑠璃の沐浴をすませることに成功したあとだったので、水ぐらいならいいかと思ってしまった。完全に瑠璃の思い通りの展開になってしまっていることに、まだ気づいていない。

「お腹《なか》は空《す》いていませんか？　果物はいりますか？」

「いらないわ。今夜はもうなにもかもが無理よ。おやすみなさい」

「はい、おやすみなさい。……って、瑠璃さま!?　お部屋に戻ってくれませんか!?　ここは俺の寝室です！」

「貴女の寝室は私の寝室でもあるのよ。私の寝室は私だけのものだけれど。もう眠《ねむ》いから静かにして」

瑠璃に叱られた蒼天は、慌ててくちを閉じる。悲しいことに、偉《えら》い人の命令はどれだけ理《り》不尽《ふじん》であっても従うということが、己の身体に染《し》み付《つ》いていた。

「……あ、そうだわ。皇族としての心得については、これから私が教えてあげる」

「え？　いえいえ、今回だけで充分《じゅうぶん》です」

蒼天は、授業料として要求されるものが恐ろしくなったので、瑠璃の申し出を断る。

しかし瑠璃は、蒼天の想定外のことを言い出した。

「貴方は皇族になったことで、環境《かんきょう》や考え方を変えていかなくてはならなくて、色々と大変なときよ。私は求婚した相手だからではなくて、もっと早くに皇族の一員として貴方を気にかけてあげるべきだったわ。貴方のことは男性の皇族がなんとかすると思っていたけれど、そういえば貴方の立場は複雑だったわね」

蒼天は、またもやはっとする。

瑠璃が蒼天の家庭教師をすると言い出したのは、蒼天と結婚するための点数稼《かせ》ぎではなくて、皇族として当然すべきことだと認識《にんしき》していたからだったのだ。

（この人は、本当に立派な皇族なんだな）

言いたいことを言い終えたらすぐに寝てしまった瑠璃を見て、蒼天はまたもやため息をついた。

「貴女が俺との結婚を望み、俺を皇帝にしようとしているのは、国のためになることだと判断したからなんでしょうね」

瑠璃の求婚は、ただの思いつきや、個人的な望みのためではない。そういう人だと言えるぐらいには、瑠璃という人間を理解できていた。

「……でも、俺は皇帝に相応しくないんです」

皇帝位は、もらえるものはもらっておくで受け取るわけにはいかない。

この国の未来のためにも、なにもわからない平民出身の訳あり皇族を皇帝にすべきではないだろう。

皇族教育を受けていない蒼天にも、そのぐらいのことはわかるのだ。

──瑠璃《るり》は夢を視《み》ていた。

これは普通の夢ではない。青龍《せいりゅう》の瞳による未来視だ。

采青国《さいせいこく》の未来が、夢という形で瑠璃に届けられているのである。

（ああ……国が燃える。民が殺される。兵士たちが玉洞城《ぎょくどうじょう》に押しかけてくる……）

瑠璃は走っていた。陛下を諫《いさ》めなければと急いでいた。

「陛下！　申し上げたいことがございます！」

瑠璃の必死の言葉を聞いて振り返ったのは、皇帝のみが身につけられる金青色《こんじょういろ》の上衣を着ている男で……。

（って、まだ袁曹《えんそう》なの⁉）

瑠璃はそこで眼を覚ました。

真っ暗な中、どういうことなのかと嫌《いや》な汗をかく。

「……っ、……ふふ。そうよね」

瑠璃は息を吐いた。

これは最近見るようになったいつものあの夢だ。

皇帝の従弟《いとこ》である袁曹が皇帝になり、その妃になった瑠璃が何度も諫めてきたけれど聞き入れられず、ついに采青国が滅《ほろ》んでしまうというものである。

「そう簡単に未来は変わらないみたい」

瑠璃は長椅子《ながいす》で寝ている蒼天を見て、眼を細めた。

「考えてみれば、私はまだここに押しかけただけ。三つあるという正妻の条件を、二つ満たしただけよ。この人から結婚の承諾《しょうだく》を得たわけでもないし、陛下がこの結婚を認めたわけでもない」
瑠璃の心に火がつく。
なにがなんでも蒼天と結婚し、蒼天を皇帝にし、子どもを無事に産むのだ。
そのためならばなんでもしてやろう。
（でも、まずは……）
力尽《ちからつ》きた瑠璃は、眼を閉じる。
身体を鍛えるという慣れないことをしたため、身体が睡眠《すいみん》を求めていた。

第三章

皇族の正妻の仕事は多い。

屋敷《やしき》の調度品の入《い》れ替《か》えを季節ごとに指示したり、庭の様子を見て庭師に助言したり、客人をどのようにもてなすかを決めたり、他の家からのお誘《さそ》いの返事を考えたりしなければならないからだ。

それ以外にも、金の管理をし、領地があれば人々や土地の様子を見て、皆《みな》が穏《おだ》やかに暮らせるように気を配らなければならない。

瑠璃《るり》はこの他に、側室の教育という役目も任されていた。そのせいで、時間がどれだけあっても足りないぐらいである。

「正妻さま！　わたくしはもう耐《た》えられません！　旦那《だんな》さまに二度と会わないことをお約束しますから、どうか家から出してください！」

屋敷の主人の側室である占《うらな》い師《し》の美人三姉妹《さんしまい》たちは、瑠璃の侍女《じじょ》見習い二日目にして限界を訴《うった》えてきた。

瑠璃は早すぎるわねと呆《あき》れる。

「貴女《あなた》たちを側室にすると決めたのは私の未来の夫よ。私の判断で『いいですよ』と外へ出すわけにはいかないの」

「旦那さまの側室だというのは嘘《うそ》でございます！　わたくしたちはただ世話をされていただけです！　どうかお許しください！」

「そのことならもう未来の夫と話し合ったわ。貴女たちは気にしなくていいのよ。さぁ、お喋《しゃべ》りはここまでにして。今日は楽器の練習をしましょう。まずは楽譜《がくふ》の読み方から」

正妻は、側室の教育を直接することはない。本来は、それぞれの分野の教師を招くだけだ。

しかし、三姉妹の教養はあまりにも頼《たよ》りないものだった。先生に見てもらうという段階ではなかったのだ。ある程度の基礎《きそ》をつけるまで、瑠璃が指導しなければならないだろう。

(なにもわかっていない女性たちを顔だけで側室にしたという噂《うわさ》が広まれば、未来の夫の名誉《めいよ》に関わるでしょうし……)

今は彼女たちへ色々なことを密《ひそ》かに学ばせなければならないときである。それからやっと先生に見てもらえる。ある程度の教養をつけたら、いよいよ客人を招いてのお披露目《ひろめ》だ。

「実際に楽器をもって音を鳴らしてみるわよ」

瑠璃はいつか三姉妹で合奏ができるようにしたくて、様々な楽器をもたせた。

どの楽器も眼《め》の前で実際に弾《ひ》いてやり、正しい動きと正しい音を教える。

「楽器の指導はこれで終わりよ。次までにしっかり練習しておいて」

「……ご指導、ありがとうございます」

三人が丁寧《ていねい》に礼を述べて拱手《きょうしゅ》をして頭を下げる姿は、前よりよくなってきた。

しかし、まだまだなのも事実である。瑠璃はもっとしっかり指導をしなくては……と躾《しつけ》用の鞭《むち》を指で撫《な》でた。


「なんなのあの小娘《こむすめ》!! 昨日も今日も愛されている正妻とばかりに疲《つか》れた顔をして、身体《からだ》が動かないと嘆《なげ》きながらも、指導は鬼《おに》より厳しいなんて！」

別棟《べつむね》に帰ってきた芙雪《ふせつ》は、枕《まくら》をもち上げて寝台《しんだい》に叩《たた》きつける。

それから慌《あわ》てて周りを見た。うっかりこんなところを妹たち以外の人に見られたら、すぐに正妻の瑠璃へ告げ口され、夜の特別指導が始まるのは間違《まちが》いない。

「……お姉さま、あたしもう田舎《いなか》に帰りたい」

珊月《さんげつ》が疲れきった顔で呟《つぶや》いた。

芙雪はその通りだと頷《うなず》く。

「わたくしだって帰りたいわよ！　昨日からのあの小娘の指導のきつさに、身体中がずっと痛いわ……！　一体これはなんなの!?」

「わたしたち、側室になりたかったわけじゃないのにぃ……」

蛍花《けいか》がめそめそと泣き始めた。

芙雪の涙腺《るいせん》は、蛍花の言葉によってゆるんでしまう。

「わたくしも、ちょっとだけ側室ごっこをしながら贅沢《ぜいたく》な暮らしが楽しめたらなって。ついでに、金もちの男に援助《えんじょ》してもらえたら嬉《うれ》しい～ぐらいだったのに……。そうよ、あの祥抄《しょうしょう》という侍女もなんなの⁉」

珊月は芙雪の訴えに、うんうんと頷く。

「祥抄さまさぁ、すごい力もちだよねぇ。指導の邪魔《じゃま》になるからって卓《たく》を片手でひょいと持ち上げるなんて、普通《ふつう》はできないよ」

蛍花はめそめそしながら、あんなこと無理ですぅ～と嘆いた。

「侍女ならこのぐらいできて当然ですよって顔をしてましたぁ。あの人もちょっとおかしいです～。まともなのは旦那さまだけですぅ……」

皇帝《こうてい》の怒《いか》りを買って処刑《しょけい》寸前になっていた自分たちを助けてくれた蒼天《そうてん》という男は、「皇帝の怒りが収まったら、遠くに行きなさい」と言って匿《かくま》ってくれた。

三姉妹にとって、この屋敷での暮らしは快適だった。このまま幸せな暮らしを続けたいと思った。蒼天とは身分の差があるため、どれだけ頑張《がんば》っても正妻にはなれないけれど、側室にはなれるかもしれない……とうっかり思って長居したのが運の尽《つ》きである。

突然《とつぜん》ここにやってきた正妻の瑠璃という公主《こうしゅ》は、側室という顔をした芙雪たちを受け入れ、侍女見習いという立場を用意し、芙雪たちに側室教育を始めてしまった。

瑠璃の教育はとても厳しい。このままだと玉洞城《ぎょくどうじょう》で注目される貴人《きじん》になってしまいそうだ。

ちなみに瑠璃は、弱音を吐《は》いたり反抗《はんこう》したりしたら鞭をちらつかせてくる怖《こわ》い女である。まだ一度も打たれたことはないけれど、可愛《かわい》い顔をしながらもまったく容赦《ようしゃ》してくれない瑠璃は、鞭の使用を躊躇《ためら》わないだろう。

――旦那さまの未来の側室の身体に、傷をつけるわけにはいかないものね。

瑠璃はそんなことをよく言った。じゃあ側室ではなくなったら容赦なく打たれるのだろうかと、芙雪は一瞬《いっしゅん》考えた。そして、考えないようにしようと誓《ちか》った。

「高貴な人ってなんか変だよねぇ……。そもそも側室がいてもいいわけ？　浮気《うわき》だよ」

珊月の疑問に、蛍花が答える。

「正妻さまは後宮《こうきゅう》で育っている方だから、感覚がおかしいんじゃないかなぁ〜？」

「ああ、そうね。あそこは生まれのいい綺麗《きれい》な人ばかりがいるから、浮気は普通ってなっちゃうのかもね」

芙雪は妹たちの会話を聞きながら、はぁ……とため息をついた。

指先が痛い。ずっと弦《げん》を押さえていたせいで、ところどころに青いあざができていた。

「このままだとわたくしたちは、本物の貴人になってしまうわよ……」

「え〜、貴人になりたくない〜！　美味《おい》しいものを食べられるのは嬉しいけれど！」

長椅子《ながいす》にみっともなく寝転《ねころ》んでいた珊月が、足をばたばたと動かす。

「旦那さまには訴えたんですよねぇ？」

蛍花が芙雪に確認《かくにん》したら、芙雪は頷いた。

「策があるみたい。『狐狩《きつねが》り』がどうとか言っていたわ。近々この家から公主さまが出ていくはずだともね。それまでの辛抱《しんぼう》よ！」

芙雪が拳《こぶし》を突《つ》き上《あ》げたら、廊下《ろうか》から声が聞こえてくる。

「侍女見習いの方々、奥さまがお呼びです」

「ひぃっ！」

三姉妹たちは、次はなにをさせられるのだろうかと身を寄せ合って身体を震《ふる》わせる。

最初こそは瑠璃を小馬鹿にして泣かせる気満々だったけれど、今はもうそのことを反省していた。瑠璃との上下関係を思い知らされたからだ。

この屋敷で一番偉《えら》いのは、瑠璃である。瑠璃の言うことには、誰《だれ》もが従わなくてはならないのだ。

瑠璃《るり》が押しかけてきてから十日目の朝、蒼天《そうてん》は瑠璃と応接室で向き合う。

「正妻の条件の三つ目をついに思いついたのかしら？　楽しみにしていたわ」

瑠璃がにっこりと笑えば、蒼天は気まずそうにした。

蒼天の正妻に求める三つの条件は、瑠璃の求婚《きゅうこん》を断るためにもち出してきたとっさの言い訳だということを、瑠璃はきちんと気づいていたのだ。

しかし瑠璃は、あえてそれに気づかない方が可愛かったかもしれないとはっとした。

「今の発言は忘れてちょうだい」

詰《つ》めが甘いという設定を思い出した瑠璃は、蒼天にやり直しを要求する。

けれども蒼天は、苦笑《くしょう》するだけだった。

「とりあえず……お身体の具合はどうですか？」

蒼天は話題を変え、瑠璃の身体の調子を尋《たず》ねる。

瑠璃が蒼天の指導を受けながら身体を鍛《きた》えた翌日、瑠璃の身体は悲鳴を上げていた。瑠璃は全身を襲《おそ》う痛みのせいで、一人で歩くことができなかったのだ。

「やっと痛みが消えたわ。支えなしで歩けるようにもなったわよ」

「それはよかったです。では、正妻の条件の三つ目の話をしましょう」

蒼天はほっとした。瑠璃が回復したのなら、もう遠慮《えんりょ》しなくていい。

「正妻というのは、家を守るだけではなくて、夫の仕事を支えるために色々なことをしなければなりません」

「ええ、そうね」

「俺の武官としての仕事を理解し、手伝える能力があるかどうか。それを玉洞城《ぎょくどうじょう》で見極《みきわ》めたいと思います」

瑠璃は蒼天の機転に感心した。

正妻に相応しいかどうかを見極める場、それを玉洞城に移してしまうことで、瑠璃をこの屋敷から追い出すつもりなのだ。

(今、ここを離れるのは避けたかったけれど……。いいわ、三つ目の試練に合格したら、私は公式にこの屋敷の主人よ。いつでも戻《もど》れる)

瑠璃は覚悟を決め、蒼天の提案を受け入れることにする。

「玉洞城で見極めてもらっても構わないわ。……でも、貴方《あなた》の今の仕事は私の手伝いを必要としていないわよね？　私はなにをしたらいいの？」

瑠璃は、蒼天の仕事内容を把握《はあく》している。

手元に届く書類を確認して、問題がなければ戻すという仕事は、多くても一日に十数枚ほどのはずだ。

「……瑠璃さまは、玉洞城内に狐が入りこんだという話をご存知ですか？」

「いいえ、知らなかったわ。私がここにきてからの話よね？」

「はい」

瑠璃はこの先の展開を予想した。入りこんだ狐が城内で悪さをしているから捕《つか》まえて追い出せ……という話になるのだろう。

「今、玉洞城内で狐狩りが行われています。瑠璃さまは誰よりも早く狐を捕《と》らえて、それを俺の功績にする……というのはどうでしょうか？」

瑠璃は大体のことを理解した。それでも返事をする前に、いくつか気になったことを尋ねておく。

「狐狩りが始まったのはいつ？」

「三日前です。昨夜、罠《わな》をあちこちに仕掛《しか》けました」

「狐はまだ逃げていっていないのよね？」

「はい。昨夜も現れたそうです」

逃《に》げていった狐を捕まえることは不可能に近いけれど、城内に狐がまだいるのであれば、瑠璃は誰よりも早く捕まえる自信があった。

「それでいいわ。私が誰よりも早く狐を捕まえて、貴方の功績にしてあげる。早速《さっそく》行きましょう」

瑠璃が頷けば、蒼天の手が差し伸べられる。瑠璃はその手を摑《つか》んで立ち上がるときに、蒼天の顔をじっと見た。

（私に不利な条件が隠されているみたいね。……でもね、玉洞城は私の庭よ）

生まれたときから今まで、瑠璃はずっと玉洞城で過《す》ごしてきた。瑠璃にとっては、蒼天が隠している条件なんて怖くない。

「瑠璃さま。俺は武官なので、玉洞城内に入りこんだ狐を誰よりも早く捕まえるつもりです。勿論《もちろん》、瑠璃さまよりも」

蒼天は瑠璃を馬車に乗せながら、そんなことを言った。

瑠璃はそういうことかと楽しくなる。

——これは瑠璃対多数の勝負だ。

瑠璃は全てを敵に回した状態で、この勝負を勝《か》ち抜《ぬ》かなくてはならない。

「それでも負ける気がしないわね」

蒼天にとっては結婚《けっこん》をかけた勝負だろうけれど、瑠璃にとっては国の未来をかけた勝負だ。絶対に負けるわけにはいかなかった。


皇帝の居城である『玉洞城《ぎょくどうじょう》』は、青龍神獣《せいりゅうしんじゅう》の化身《けしん》である皇帝に相応《ふさわ》しいものである。

龍は玉を好んで洞穴《ほらあな》の中に溜《た》めこむと言われているため、かつての皇帝が玉のかけらまじりの石材をあちこちに使用し、龍の棲家《すみか》のようにしたのだ。

瑠璃《るり》が龍の棲家《すみか》である玉洞城を離《はな》れたのは、たったの十日間だけだった。それでも、もう懐《なつ》かしさを感じている。

春の初めの冷たい風が、瑠璃に吹《ふ》きつけてくる。

（なにも変わっていないはずなのに。……いいえ、なにかが違《ちが》う？）

瑠璃はその風に混じっているものに気づいて、眼を細めた。

——私の城の中に、なにかが侵入《しんにゅう》している。

甘い匂《にお》いと知らない獣《けもの》の臭《にお》い。それらがかすかに漂《ただよ》ってきたのだ。

瑠璃が玉洞城を数日空《あ》けただけでも、こうも玉洞城の治安は悪くなってしまうらしい。早く蒼天《そうてん》と結婚し、蒼天を皇帝にし、玉洞城を自分たちのものにしなくてはならないだろう。

（獣の臭いの正体が〝狐〟なのかしら？　……早速調査を、と言いたいところだけれど）

瑠璃は蒼天を連れて、城の奥に向かう。

蒼天によれば、皇帝はこの十日間、目眩《めまい》が続いていて寝《ね》こんでいたらしい。

（私がすぐに呼《よ》び戻《もど》されなかったのは、それが原因だったのね）

とりあえず皇帝の見舞《みま》いに行って、具合を確かめておこう。

「そう緊張《きんちょう》しなくていいわよ。私が陛下《へいか》に挨拶《あいさつ》したら、貴方も陛下に挨拶して。あとは私が目配《めくば》せしたら、『陛下のご快復をお祈《いの》り申し上げます』と言うだけでいいわ。これも皇族の務めの一つよ」

「……頑張ります」

蒼天は皇帝の甥《おい》である。実際に血が繋《つな》がっているかどうかはさておき、こういうときは見舞いに行くべきだ。

いつもなら蒼天は父である高福《こうふく》と共に見舞いへ行くけれど、高福は仕事で遠出をしているので、蒼天はどうしたらいいのかを迷っているところだった。

「陛下に取り次いでちょうだい」

瑠璃は皇帝の私室の前に立ち、警備兵に声をかける。

警備兵は中にいる皇帝の従者《じゅうしゃ》へ、「瑠璃公主さまがお見舞いにいらっしゃいました」と伝えた。

扉《とびら》が開いたら、瑠璃は迷わず皇帝の寝室《しんしつ》に向かう。

「失礼致《いた》します。皇女の瑠璃が見舞いに参りました」

口上を述べたら、寝室への扉が開かれた。途端に、瑠璃は甘い香りに包まれる。どうやら中で香を焚《た》いているらしい。

「陛下、お加減はいかがですか？」

寝室に入った瑠璃は、拱手をして頭を下げる。その動きから公主であることがわかるぐらい、とても美しくて優雅《ゆうが》だった。

蒼天も瑠璃を見習い、名乗って拱手をして頭を下げる。

「……瑠璃、なぜ今までこなかった？」

いつもの瑠璃なら、皇帝の不調を聞きつけたらすぐに見舞いへ行っていた。

しかし今回は、玉洞城を離れていた間のことだったので、皇帝の不調を知る術がなかったのだ。

「私も体調を崩《くず》しておりました。ようやく快復したところです。お見舞いが遅《おそ》くなって申し訳ありません」

瑠璃が玉洞城内にずっといたという嘘をついたら、皇帝は黙《だま》る。もう瑠璃への興味を失ってしまったようだ。

（お父さまにとっての私は、玉座《ぎょくざ》のようなもの。自分のものであればそれでいい。私がどういう扱《あつか》いをされてきて、それをどう思っているかなんて、興味ないのよ）

愛があるなら、相手を思いやる気持ちが少しだけでも生まれるだろう。言葉や態度で示そうとするだろう。それができないのなら、金を与《あた》えようとするだろう。

けれども瑠璃は、皇帝からそのような温かな気配りを感じたことは一度もない。

（陛下は私にまったく興味がないのに、それでも本能によって私を手放せない。……私たちの身体に流れる血は厄介《やっかい》ね）

瑠璃に偉大《いだい》なる力がなければ、皇帝は瑠璃がどうなろうと、どうしようと、くち出しすることはなかっただろう。ある意味、皇帝もまた血に縛《しば》られた気の毒な人と言えるかもしれない。

「陛下、どうかお身体を大事にしてください」

瑠璃は皇帝を労わりながら、何気なく皇帝の枕元《まくらもと》に立った。

すると途端に、皇帝から漂う獣臭《けものくさ》さに気づいて顔を顰めたくなる。

それは強烈《きょうれつ》な臭いではないけれど、己《おのれ》の獲物《えもの》だと主張するような、人にはわからない印のような臭いだった。

(……私がいない間に、なにかあったわね)

瑠璃は皇帝に事情を尋ねようとしたけれど、すぐに諦《あきら》める。皇帝に「人ならざるものと遭遇《そうぐう》したのか？」と尋ねても、本人が気づいていないのなら、変な質問だと思われるだけだ。

「快復までゆっくりお休みくださいませ。高福叔父《おじ》さまの子も同じ思いです」

瑠璃はこれ以上、皇帝と話すことはない。見舞いを早々に切り上げようと思い、蒼天をちらりと見た。

「陛下のご快復をお祈り申し上げます」

蒼天は瑠璃に教えられた通りの口上をくちにする。

それではと瑠璃が退出しようとしたとき、皇帝が呻《うめ》いた。

「陛下！」

瑠璃が心配の声を上げれば、皇帝は弱々しい声を出す。

「大したことはない……。いつもの目眩だ……」

すぐに扉のところで控《ひか》えていた従者が駆《か》け寄《よ》ってきて、皇帝に声をかけた。

皇帝はそれになにかの返事をすると、従者たちは頷く。

「少し休む。〝狐〟のせいで、よく眠《ねむ》れていない」

瑠璃は皇帝に下がれと手で示されたため、頭を深々と下げた。

（〝狐〟……というのは、狐狩りの対象となっている狐のことでいいのかしら？）

狐には色々な意味がある。ただの獣を指していることもあれば、女狐《めぎつね》……つまりは悪女を指すこともあるし、裏切り者という意味のときもある。

「華陽《かよう》を呼べ……」

「御意《ぎょい》」

皇帝は瑠璃の知らない女性の名前をくちにした。

瑠璃は『華陽』が気になりつつも、皇帝の寝室から退出する。

（〝狐狩り〟と〝狐〟と〝華陽〟と〝獣に印をつけられた皇帝〟。たった十日間留守にしただけなのに、知らないことばかりになっているわね）

どうやら瑠璃はまず、玉洞城内で情報収集をしなければならないようだ。

瑠璃は玉洞城内にある自分の宮《きゅう》に、蒼天を誘《さそ》った。

「小さい宮だし、日当たりもよくないけれど、ゆっくりしていってちょうだい」

瑠璃の宮があるのは、後宮内ではなくて西六宮《せいりっきゅう》の端《はし》だ。

基本的に皇女《こうじょ》というのは、後宮内にある母親の宮で暮らしている。しかし、瑠璃の母は早くに亡《な》くなって、母の宮に別の妃《きさき》が入ることになったため、瑠璃は後宮から出ていくことになってしまった。

（私の母は、元は宮女《きゅうじょ》だった。陛下の気まぐれで手をつけられ、皇女を産んだという功績で下位の妃になっただけ。……私の母代わりをしようとする妃はいなかったわ）

そのとき、瑠璃はまだ十歳。幼すぎたため、結婚という道も選べない。

瑠璃は皇女でありながら母方の実家である農家に行く道しかなくて、その手配も進んでいたけれど、皇帝がなぜか激怒《げきど》した。

――どこへ行く？　この城から出るな！

すぐに瑠璃のための宮が、玉洞城内に用意された。

それから三年間、瑠璃はその宮から出ることを許されなかった。

（住む場所を用意するだけなら、城下でもよかったはず。出入りも自由にしたはず。でも、陛下はわざわざ玉洞城内に私の宮を用意し、閉じこめた）

皇帝にとっての瑠璃は、ここにいればいいのだ。

誰と恋愛《れんあい》しようとも、誰と結婚しようとも、病気になろうとも、怪我《けが》をしようとも、城の中にいるのなら本気でどうでもいいのだろう。

「では、〝狐〟の話をしましょうか」

瑠璃は祥抄《しょうしょう》の茶を飲みながら、蒼天やこの宮にいる使用人からの話をまとめた。

「三日前、陛下が『狐を見た』と騒《さわ》いだのが始まりなのね」

最初の目撃者についての確認をしたら、蒼天は「はい」と頷く。

「城内に狐が入りこむのも、それを陛下が目撃することも、おかしい話ではないです。すぐ禁軍《きんぐん》に通達があり、城内で狐を見かけたら追《お》い払《はら》うことになりました」

最初は、誰もがそれだけの話だと思っていた。

皇帝以外の目撃証言がなかったので、もう城内にはいないだろうし、皇帝もすぐに狐のことを忘れるだろうと考えていた。

玉洞城はすぐに日常へ戻る――……はずだったのだ。

――狐がまだいる。眠れない。追い払え。

次の日、皇帝はまたそんなことを言った。狐の影《かげ》を見たと騒いだ。

武官たちは玉洞城内をくまなく探して、狐の巣がつくられていないかどうかの確認をした。

けれども、どれだけ捜索《そうさく》しても、狐もその巣も見つからなかった。

禁軍将軍が「狐はいなかった」という報告を皇帝にして、薬師は皇帝に安眠《あんみん》できる薬を処方した。

けれどもその次の日、皇帝はまた狐の話をしたのだ。

——狐が人間に紛《まぎ》れこんでいる。早く見つけて追い払え。

玉洞城内で働く人々は、皇帝は本当に狐を見たのだろうかと怪《あや》しみ始めた。病のせいでありもしないものを見たのかもしれない、と噂する者もいるらしい。

(なるほど。そもそもこの人は狐がいないと思っていたから、狐を早く捕まえた方が勝ちという勝負を持ちかけてきたのね)

瑠璃の勝利条件は、本来はとても厳しいものだ。けれども……。

——たしかに、なにかがいるわね。

皇帝から感じた獣の印のような臭いは、強烈だった。

大抵《たいてい》のものならば、これに手出しするなということを無意識に嗅《か》ぎ取《と》るだろう。

「狐かどうかはわからないけれど、妙《みょう》なものがいるのは間違いないわ」

「……見かけたんですか？」

瑠璃は「見た」と言ってしまうかどうかを迷ったけれど、あとになって矛盾《むじゅん》が生じるかもしれないので、できる限り正直に話すことにする。

「見てはいないけれど、ここにいることはわかる。おそらく、気配や臭いから察しているのよ。……皇族というのは、青龍神獣さまの血が混じっているの。その伝説は、貴方も勿論知っているわよね？」

「はい」

瑠璃は蒼天に「本当かどうかはわからないけれど」と先に言っておいた。

「初代皇帝陛下が青龍神獣の化身だったから、皇族には青龍の血が流れている。そのせいで、皇族というのは勘《かん》が鋭《するど》いのよ」

皇族は青龍神獣の血を引いているから、とても尊い存在だ。皇族以外の者が武力で皇帝位を得たとしても、それはただの略奪者《りゃくだつしゃ》である……と采青国《さいせいこく》の民《たみ》は教えられる。

かつての皇帝一族は、自分たちの権威《けんい》を高めるために、自分たちに都合のいい話を作って広めたのだろう。

「……瑠璃さまも勘が鋭いんですか？」

蒼天は、あまり信じていないという顔をしている。

瑠璃はというと、でしょうねという表情になってしまった。

「私は誰よりも鋭いわよ。狐かどうかはわからないけれど、〝なにか〟はいる」

「それが人の姿に化《ば》けていると、本気で思っているんですか？」

「現時点ではなんとも言えないわね。決めつけるのはよくないし、まずは狐のようなもの探しをしてみるつもりよ」

瑠璃は蒼天の表情を見たあと、ふっと笑う。

「貴方は武官でしょう？　陛下の寝室に入ったときになにか気づいたことはない？」

蒼天は瑠璃からの質問に、少しばかり考える。

「病人の部屋なのに甘すぎる臭い……でした」

瑠璃は、自分の部屋に置いてある香炉《こうろ》を見た。

「薬を香に混ぜて体内に取りこませるという治療《ちりょう》方法があるのよ。ゆっくり眠れるような効果の香も実際にあるわ」

瑠璃は不思議ではないと言いながらも、蒼天の鋭さに感心する。

もしかすると蒼天は、甘い匂いに獣臭《けものしゅう》が混じるから『甘すぎて不快』と感じたのかもしれない。

「貴方の勘も優《すぐ》れている気がするわね。これからはふとしたことを意識してみて。どんな能力も磨《みが》こうと思わなければ輝《かがや》かないから」

蒼天は瑠璃の言葉を理解できたけれど、具体的になにをしたらいいのかはわからなかったようだ。

これればかりは自分でどうにかするしかないことなので、瑠璃は頑張ってねと励《はげ》まして終わりにする。

「陛下がおっしゃっていた〝華陽〟は、最近になって城へ出入りし始めた薬師《くすし》のことでいいの？」

瑠璃の質問に、蒼天は「おそらくは」と答えた。

「俺の『薬師の華陽』についての情報は、同僚《どうりょう》から得たものしかありません。三日前、陛下の薬師を務めていた馬安平殿《ばあんへいどの》が腰《こし》を痛めたらしく、弟子《でし》の華陽という若い女性が代わりに玉洞城へきたそうです。陛下は、華陽が調合した薬のおかげで眠れたと喜び、寝室近くの宮を与え、そこで待機するようにと命じたそうですよ」

「つい最近、陛下のお気に入りになったのね。……いつまでここにいられるのかしら」

病を得てからの皇帝に、上手《うま》く取り入った者は何人もいた。

医者、薬師、道士、占い師《うらなし》——……しかし彼らはもう城の中にいない。皇帝の逆鱗《げきりん》に触《ふ》れて追い出されてしまったのだ。

「華陽は禁軍に軟膏《なんこう》の差し入れをしています。試作品の薬がどれだけ効くのかを試《ため》したいから協力してほしいと頼《たの》んだようですね」

「若いのに立派な薬師だわ」

瑠璃が玉洞城を空けていた間に、色々なことがあったらしい。

しばらくは情報を集めることに専念したいところだけれど、勝負があるのでのんびりしていられなかった。

「俺は今夜、見回りに行ってきます」

「あら、奇遇《きぐう》ね。私も見回りをするつもりよ」

ふふんと瑠璃は笑い、今後の予定を立てる。

ただの狐探しならば人を多く使える方が有利だけれど、今回の相手はただの狐ではなさそうだ。

人ならざるもの相手なら、瑠璃の方が知識も経験も上である。蒼天よりも早く捕まえる自信があった。

玉洞城《ぎょくどうじょう》で働く官吏《かんり》のほとんどは、夜になると帰ってしまう。

瑠璃《るり》は、静かになった深夜の玉洞城内の見回りを始めた。

すると、なぜか蒼天《そうてん》がついてくる。

「もしかして、私の邪魔をするつもり？」

蒼天に行く道を塞《ふさ》がれたら厄介である。

瑠璃はそうなったら悲鳴を上げて人を呼んでやろうと思っていたけれど、蒼天は首を横に振《ふ》った。

「いえいえ、手柄《てがら》を横取りするつもりなんです」

「……たしかにその方が効率的ね」

瑠璃が狐を手に入れる。蒼天はそれを奪《うば》い取《と》る。

蒼天の作戦は、とてもわかりやすかった。

「そういうつもりなら、狐を捕まえるまでは私に協力的だと思ってもいい？」

「はい」

瑠璃の確認に、蒼天は頷いた。

「よかったわ。鍛え始めたから少し逞《たくま》しくなったけれど、貴方には敵《かな》わないでしょうし」

瑠璃は細い腕《うで》を見て、ほらねと満足そうに言う。

蒼天は「どこが……？」と言いたくなったけれど、鍛えることへやる気を出している瑠璃に余計なことを言うべきではないと堪えた。

「貴方がいるなら侍女を置いていくわ。まずはぐるりと回ってみましょう」

狐狩りは数日前から始まっている。けれども、狐の姿を見た者は皇帝以外にいない。

今のところ、狐が堂々と城内を歩いているとは思えないので、瑠璃は蒼天と共に人のいないところを歩いていった。

「狐用の罠があちこちにありますね。瑠璃さま、一人で歩かれるときは気をつけてください。挟《はさ》まったら大変なことになります」

「ええ、気をつけて歩くわ」

狐は鶏卵《けいらん》を好むと言われている。罠の近くには鶏卵が必ず置いてあった。

「罠が置いてありそうなところを見て周った方がよさそうね。鶏卵が食べられていたら、狐の通り道になっている証だもの」

春の初めの夜中はまだとても寒く、吐く息は白い。

静けさに包まれる中、瑠璃と蒼天の歩く音だけが響《ひび》いていた。

瑠璃は周りを警戒《けいかい》し続けていたけれど、どこからも獣の気配を感じ取れない。

一日目であっさり狐を捕まえるという展開は、さすがに訪れてくれなかったようだ。

(特に気になるところはないわね)

「異変はなさそうね。今夜はこれで……」

切り上げましょう、と瑠璃が言おうとしたとき、誰かの叫《さけ》び声《ごえ》が聞こえてきた。

これは男性の声だ。誰かと怒鳴《どな》り合っているようだけれど、なにを話しているのかは、ここからではさっぱりわからない。

「念のために急いで確認してきてちょうだい。狐に怒《おこ》っているのかもしれないわ」

「わかりました」

蒼天は瑠璃を置いて走り始める。

瑠璃はそのあとを急いで追ったけれど、蒼天との距離《きょり》はどんどん離れていってしまった。

（武官の足は凄《すご》く速いのね……！）

あっという間に蒼天の背中が見えなくなってしまったけれど、言い争う声がはっきりしてきたので、声に向かっていけばすぐ合流できるだろう。

「金を返せって言ってるんだよ！」

「待てって頼んでいるだろうが！」

瑠璃が声を頼りに走っていたら、言い争う男たちの姿が見えてきた。喧嘩《けんか》の内容もわかってきた。喧嘩中の男たちから少し離れた場所には蒼天がいて、瑠璃の姿を見るなり戻ってくる。

「瑠璃さま、妙です。ここから離れて人を呼びましょう。誰もきていないなんてありえません」

男たちがこれだけ大声を出しているのだから、多くの人が集まってきていてもおかしくない。それなのに、この周辺にはなぜか人がいなかった。

「人は火事と喧嘩に集まってくる習性があるのに、たしかにここは静かすぎるわ」

城内を守っているのは、禁衛兵《きんえいへい》と呼ばれる者たちだ。禁衛兵は、特定の場所に立っている警備兵と、城内を巡回して異変がないかを確認する見回り兵に分かれている。

移動している見回り兵を下手に探し回るとすれ違ってしまうかもしれないので、瑠璃と蒼天は警備兵がいるところに向かった。

武官である蒼天は、どこに警備兵が立っているのかを知っている。迷うことなく進んでいった。

「おい！　この声が聞こえないのか⁉」

蒼天は廊下の先にいた二人の警備兵に声をかける。

しかし彼らは、蒼天の声に反応しなかった。

「しっかりしろ。喧嘩している奴《やつ》らがいるぞ。人を集めてくれ。なにかある前に止めないと」

蒼天の横にいる瑠璃は、警備兵のぼんやりしている顔を覗《のぞ》きこんでみる。

しかしこれだけ近づいても、警備兵はまったく動かない。眼を開けながら寝ていると言われたら、信じてしまいそうだ。

（……なにかがおかしい）

瑠璃はこの辺りをぐるりと見回す。

「これは一体……」

戸惑う蒼天が警備兵の肩《かた》を摑んで揺《ゆ》さぶったとき、警備兵の香りがふわりと瑠璃のところまで漂ってきた。これは女性が好みそうな甘い匂いだ。

武官が匂いをまとうなんて珍《めずら》しいと思っていたら、蒼天は警備兵から手を離す。

（お香《こう》？）

「瑠璃さま。この辺りもおかしいです。場合によっては、貴女を抱えてここからも離れます」

「ええ。……みんな狐に化かされたのかしらね」

瑠璃が頷いたそのとき、冷たい風が吹きつけてくる。

警備兵の甘い匂いが風に吹き飛《と》ばされた途端、警備兵の片方はいきなり眼をかっと見開いて「あれっ⁉」と叫んだ。

「えっと……⁉」

警備兵は、自分の意識が飛んでいたことを自覚したのだろう。

慌てて周りを見て、しまったと言わんばかりの表情になった。

「大丈夫《だいじょうぶ》か？　居眠《いねむ》りか？」

「すみません。ぼーっとしていました……」

夜中にただ立っているだけだと、たしかに眠くなる。

蒼天は武官だったので、一応この状況《じょうきょう》に納得《なっとく》した。それから、眠気《ねむけ》が飛んだ方の警備兵についてこいと指示を出す。

「瑠璃さまはここでお待ちください」

「わかったわ」

警備兵は二人一組で見張りをしている。なにかあって片方が持ち場を離れても、もう片方は必ずその場へ残るようになっていた。

瑠璃は残った警備兵と共に、ここまで聞こえてくる怒鳴り声に耳をすませる。

「こんなにも大きな声だけれど、貴方は聞こえなかったの？」

「………」

「ああ、発言を許可するから。……やはり駄目ね」

瑠璃は、残った方の警備兵が「皇女と言葉を交《か》わしてもいいのかを迷い、黙っている」という可能性も一応考えた。しかし、警備兵に声を出す許可を与えても返事はない。

「意識はあるの？」

瑠璃はぼんやりしている警備兵に近づいてみた。

——またふわりと甘い匂いが漂う。

蒼天についていった警備兵から感じた匂いと同じものである。

「……私に返事をしなさい」

瑠璃は、己の中にある力を意識しながら言葉を放った。

すると、瑠璃の柘榴色《ざくろいろ》の瞳《ひとみ》が揺《ゆ》らめき、金色の輝きをわずかに見せ始める。

（城内にいるかもしれない狐を脅《おど》かさないように、手加減をしないと……！）

瑠璃はぼんやりしている警備兵に向かって、圧倒的《あっとうてき》な存在であることを示しながらもう一度命じた。

「返事をしなさい」

警備兵の身体が、瑠璃の声に反応してびくんと震える。

焦点の合わない瞳が生気を取り戻し、瞬《まばた》きを繰《く》り返《かえ》した。

「あれ……？　あ、瑠璃公主さま⁉」

「ようやく起きたの？　あの喧嘩の声は貴方にも聞こえる？」

「えっ？　あ、はい！　わっ、大変だ……！」

警備兵は、先ほどまでの反応はなんだったのかと言いたくなるぐらい、急に慌て出す。

「私は喧嘩に気づいて警備兵の貴方に声をかけにきたけれど、貴方はどうやら立ったまま居眠りをしていたみたいね。貴方の相方はもう喧嘩の様子を見にいっているわよ」

「申し訳ありませんでした……！」

警備兵は顔色を変えながら瑠璃に謝る。

瑠璃はわざとらしくため息をついてから、慈悲《じひ》を与えた。

「次はないわ。いいわね」

「はい！」

瑠璃はようやく会話ができる状態になった警備兵に、気になったことを尋ねる。

「甘い匂いがするけれど、これは貴方の香？」

「え？　あ……、おそらく軟膏の匂いです」

「軟膏……？」

瑠璃は『軟膏』という言葉に聞き覚えがあった。昼間、たしかに蒼天から聞いたはずだ。

「もしかして、華陽《かよう》という薬師がつくった軟膏？」

「はい。禁軍に差し入れがあったんです。切り傷用と、打撲用と、疲労《ひろう》回復用の三種類をいただきまして、効いたかどうかを報告してほしいと言われました。私は今、疲労回復用を塗《ぬ》っています」

「そうだったの。効き目はどう？」

「効いているような気がします」

華陽という薬師は、いい匂いがする薬の調合を得意としているのだろう。

匂いというのは、気分を高揚《こうよう》させたり、逆に落ち着くようにすることもできる。おそらく華陽は、その効果を治療に取り入れているのだ。

(腕がいい薬師みたいね。陛下に気に入られるのもわかるわ)

瑠璃はあとで、疲労回復用の軟膏か薬がほしいと華陽に頼んでみることにした。身体を鍛えたあとに使ってみたくなったのだ。

「華陽は陛下から宮をもらっていたわよね。どの辺り？」

「東六宮《とうりっきゅう》近くの小海《しょうかい》の宮です。……あ、先ほど、華陽殿がここを通っていきました。薬を使っているのならあとで効果を教えてほしいと言われたんです」

瑠璃は、警備兵の言う『先ほど』は本当に先ほどだろうかと思ってしまう。どのぐらいぼんやりしていたのかは、本人もわかっていないだろう。

「東六宮なら陛下の寝室に近いわね。ああ、陛下がご覧になった狐のことだけれど……」

瑠璃は警備兵から狐の話も聞きたかった。

しかしその前に、大きな怒声《どせい》が響いてきて話が止まってしまう。

「許さないからな!!」

そして、なにかを殴《なぐ》るような鈍《にぶ》い音も聞こえてきた。

蒼天や警備兵が止めに行ってくれたけれど、ついに手が出る事態になってしまったのだろう。

やめなさいとか、落ち着いてとか、騒動を止めようとする蒼天の声もかすかに耳へ入ってくる。

「もっと人が集まってくると思ったのに、誰もこないわね。この辺りの警備は貴方たちに任されているの？」

「あ、いえ、この辺りには自分たちの他にも警備兵が配置されているはずなんですが……」

おかしいな、と警備兵は首を傾げる。

（一体なにが起きているのかしら。この辺りの警備兵の誰もがぼんやりしているとしたら、その原因はなに？)

瑠璃がこの辺りを歩き回ってみようかと考えていたら、警備兵の表情が変わった。

「あ！　華陽殿！」

瑠璃が警備兵の視線を追えば、そこには若い女性がいた。彼女はこちらに向かって歩いてきている。

おそらく薬師の華陽だろうと思っていたら、華陽も瑠璃に気づいたようだ。華陽は瑠璃の着ているものから高貴な身分だと察したのだろう。少し離れたところで立ち止まり、膝《ひざ》をついた。

「お初にお目にかかります。薬師の馬《ば》華陽と申します」

華陽は瑠璃に拱手と礼をし、頭を下げる。

「公主の瑠璃よ。聞きたいことがあるから、もう少しこちらにきてちょうだい」

瑠璃が華陽に立つことや発言を許せば、華陽は優雅に立ち上がった。

一度だけ瞬《まばた》きをした瑠璃は、華陽の顔にあらまぁと驚《おどろ》く。

(なんというか、狡猾《こうかつ》な狐のような人なのね)

瑠璃の瞳は真実を見抜いてしまう。そのせいで、瑠璃が認識している顔は、実際の顔ではなくて、内面も反映された状態の顔だ。

どれだけ外見が美しくても、内面が醜《みにく》ければ、瑠璃にとっては美しい人にならない。誰が綺麗とか誰が格好いいとか、その手の話題が出たときに、瑠璃は周りの人と話を合わせるのがとても難しかった。

(華陽は若い女性でありながら、陛下のお気に入りの薬師になった。狡猾な女性で当然よね)

きっと華陽なら、皇帝のお気に入りという立場を存分に利用して、この城で生き抜いていけるだろう。

「華陽、貴女もあの喧嘩の声を聞いてここにきたの?」

瑠璃はまず、華陽がどの辺りにいて、いつ喧嘩に気づいたのかを確かめておくことにした。

「あ、いえ……喧嘩の声が聞こえたという話を見回りの兵士から教えてもらったのです。怪我人がいるのではないかと思い、様子を見にきました」

「その見回りの兵士はどこにいたの?」

「向こうの階段のところです」

華陽はきた方向を指差し、見回りの兵士と会った場所を教えてくれる。

(うん……?　甘い匂いがするわ)

華陽が振り返ったことで、華陽から濃厚《のうこう》な甘い香りが漂ってきた。

薬師は薬を扱っているため、薬の匂いがしてもおかしくないけれど、香のような甘い匂いは珍しい。

（警備兵が使っている軟膏とはまた違う匂いね。普段《ふだん》使いをするにはちょっと重たすぎる甘さだわ。……ん？　他にもなにか……獣の、ような……？）

瑠璃は、甘い匂いに隠れているなにかの臭いを感じ取る。

華陽は薬師だから、普段使っている薬の匂いがつきやすいだろう。あまりいい臭いではないものを誤魔化《ごまか》すために甘い匂いをまとうのは、そうおかしい話でもないけれど……。

「華陽。誰かが殴られたみたい。騒動《そうどう》が落ち着いたらでいいから、手当てをしてあげて」

「承知致しました」

華陽は「失礼致します」と瑠璃に言い、喧嘩の声がする方に駆けていく。

しばらくすると、怒鳴り声が聞こえなくなった。無事に仲裁《ちゅうさい》が完了《かんりょう》したのだろう。

それから少々待てば、蒼天が戻ってくる。

「瑠璃さま、喧嘩の仲裁が完了しました。片方は殴られてしまいましたが……」

「貴方に怪我は？」

「ありません」

瑠璃は自分の眼で蒼天の無事を確認した。これならば大丈夫だろう。

「ならいいわ。じっとしていて寒くなってきたから、宮に戻りましょう。詳《くわ》しいことはそこで聞くわね」

「はい」

瑠璃は蒼天に行き先を指で示す。

「明日も見回りをするつもりよ。今度は警備兵に声をかけながら歩いてみましょう。……陛下以外に狐を見た人はいないそうだけれど、警備兵があの状態なら目の前に狐が出てきても気づけないと思うわ」

瑠璃は明日の計画を立てる。

狐を探して捕まえればいいだけだと思っていたけれど、その前にやるべきことがあるかもしれない。

「おかしいところしかない夜だったわね」

「玉洞城の警備兵の異変が夜だけのものなのか、昼間にもあることなのか、明日になったら確認してみます」

「頼んだわ。……他にもいつもと違うところはあった？」

蒼天は少し考えたあと、くちを開く。

「……臭い」

瑠璃は思わず足を止めた。

「甘い香りと……獣の臭い」

そのとき、冷たい風が瑠璃たちに吹きつけてくる。

この辺りに残っていた甘い匂いは、その風によって吹き飛ばされた。

「貴方、勘が鋭いわね」

瑠璃はふふふと笑う。

蒼天も城内に入りこんだ獣の存在に、臭いという形で気づいたようだ。

「作戦を練り直すわ」

瑠璃がそんなことを呟いたとき、獣の遠吠《とおぼ》えが風に乗ってかすかに聞こえてきた。


――ウォーン……


瑠璃は蒼天の顔を見る。

蒼天は周りを警戒しながら頷いた。

「今のは犬かしら?」

瑠璃は耳を澄《す》ましてみたけれど、獣の遠吠えはもう聞こえてこない。

「狐かもしれません。犬の鳴き声に似ていますからね」

蒼天は周囲の気配を探ってみたけれど、獣の気配は感じられなかった。

「人に紛れている狐……。探し方を変えてみましょう。ああ、狐を横取りするまでは私に協力してちょうだい」

蒼天は瑠璃の命令に、「わかりました」と答える。

瑠璃たちが宮に向かって歩いていたら次第《しだい》に人の気配というものが感じられるようになった。いつの間にか、いつも通りの夜が戻ってきたようだ。


次の日、瑠璃《るり》は蒼天《そうてん》の未来の側室である三姉妹を玉洞城《ぎょくどうじょう》に呼び出した。

瑠璃は彼女たちに大事な話をするつもりだったけれど、なぜか三人ともびくびくしていて、話に集中してくれない。

「玉洞城の宮が物珍《ものめずら》しく感じているのでしょうけれど、視線がうろつくのは品のない行《こう》為《い》よ。気をつけなさい」

瑠璃が鞭を手元でぴしりと鳴らせば、ようやく三姉妹たちの視線が瑠璃に集まる。

「正妻さま！　発言をお許しくださいっ！」

「許すわ」

「わたくしたちはかつて陛下のお怒りを買いまして、一度はこの玉洞城から出ていった身でございます！　それなのにまた戻ってきてしまっては……！」

長女の芙雪《ふせつ》の訴えに、瑠璃は「ああ」とどうでもよさそうに返事をした。

「私の侍女見習いという扱いだから、気にしなくていいわ。陛下はもうお忘れでしょう」

最近の皇帝は、物忘れが激しい。誰かが「三姉妹がまだ玉洞城にいる」と告げ口したところで、「誰だ？」となるのは眼に見えている。

「もし陛下が貴女たちを覚えていても、罰《ばつ》として私の宮で働かせていると言えば、陛下は納得なさるわ」

「ひぃ……！　ありがたいお言葉でございますぅ〜！」

芙雪は泣《な》きながら喜んだ。妹二人も抱《だ》き合《あ》いながら嬉し泣きをしている。

「貴女たちには、身分の高い者同士の挨拶や会話に慣れてもらうわよ。ただ聞き流すのではなく、自分だったらどう受け答えするのかをきちんと考えておきなさい」

貴人《きじん》として堂々とした立《た》ち居振《いふ》る舞《ま》いができるかどうかは、やはり経験が必要になってくる。

屋敷で客人を待つよりも玉洞城にいる方が、多くの経験を得られるはずだ。

「瑠璃さま、瑛宝公主《えいほうこうしゅ》さまがいらっしゃいました。どうしましょうか？」

そのとき、侍女の祥抄《しょうしょう》が、瑠璃の異母姉《あね》である瑛宝の訪問を知らせてくれた。

瑠璃は、三姉妹のいい経験になる方を選ぶ。

「お姉さまを応接室に通して。貴女たちは隣《となり》の部屋で待っていなさい。貴人同士の会話というものの実例を聞かせてあげられるいい機会よ」

三姉妹たちは、慌てて隣の部屋に入る。それからこそこそと小さな声で嘆《なげ》き合った。

「どうしてこんなことになったの～……」

「玉洞城には嫌《いや》な思い出しかないのにぃ～」

「怖いよぉ……」

三姉妹が嘆いている間に、瑠璃は瑛宝を丁寧に迎《むか》える。

「ご機嫌《きげん》よう、瑛宝お姉さま。今日も美しいですね」

「ご機嫌よう、瑠璃」

瑛宝はとても美人だという評判だけれど、瑠璃からすると気の荒《あら》さが表れている強そうな顔にしか見えない。

それでも瑠璃は皆と同じように瑛宝を褒《ほ》め、こちらへどうぞと手で促《うなが》した。

（あら？　この匂い……）

瑛宝が瑠璃の横を通っていったとき、ふわりと甘い香りがする。

瑠璃は匂いの記憶《きおく》を探《さぐ》ろうとしたけれど、その前に昨日の記憶が蘇《よみがえ》ってくれた。

この香りは、皇帝の寝室で嗅いだ匂いとよく似ている気がする。

（華陽《かよう》の香をお姉さまも使っているということかしら……？）

瑛宝の香りの出所《でどころ》を探りたい気持ちはあるけれど、まずは瑛宝の相手をしなければならない。順番を間違えると、瑛宝の顔が鬼のようになってしまう。

「お姉さまがお元気そうでよかったです」

瑠璃は愛らしい顔を瑛宝に向け、にこりと微笑んだ。

――本物の銀糸よりも艶《つや》やかに煌《きら》めく銀髪《ぎんぱつ》に、本物の柘榴石《ざくろいし》よりも深くて澄んでいる瞳。紅を載《の》せていなくてもほんのり色づいて見える小さくて愛らしい唇《くちびる》からは、鈴《すず》よりも軽《かろ》やかな声が零《こぼ》れ落《お》ちてくる。

瑛宝は美人だと誰からもちやほやされているけれど、人間とは思えないほどの美しさをもつ瑠璃を目の前にすると、いつも機嫌が悪くなってしまっていた。

瑠璃はそんな瑛宝の苛立《いらだ》ちに気づき、やれやれと思う。この顔にいい思いをさせてもらうときもあれば、笑うだけで反感を買うときもある。もうこのことには慣れてしまった。

「私の異母妹《いもうと》が臥《ふ》せっていたと聞いたから心配してあげたけれど、この様子だとどうやら大したことはなさそうね」

「心配してくださってありがとうございます。少し体調を崩してしまっただけですわ」

昨日、瑠璃は皇帝に体調不良だったという嘘をついている。

瑛宝はその話を、皇帝の従者から聞いたようだ。

「病《や》み上《あ》がりのくせに、昨夜から狐狩りをしているそうじゃない。自分の足で獣を追い回すなんてこと、私にはできないわ。貴女にはお似合いだけれど」

瑛宝は瑠璃の足を見て、満足気に笑う。

どうやら瑛宝は、狐狩りをしている瑠璃の話もどこからか聞いたらしい。

「最近、武官のお友だちができたんです。それで、狐狩りのお手伝いを始めました。とても優《やさ》しい方なんですよ。お家《うち》に招待もしてくれました。……本当に素敵《すてき》な人で……手を繋ぐたびに私の指が折れそうで怖いとおっしゃって……」

瑠璃が可愛い顔でうっとりした表情をつくれば、瑛宝は瑠璃の『お友だち』の意味を正確に理解した。

——はぁ？　貴女の惚気話《のろけばなし》にはまったく興味がないんだけれど？

瑛宝は嫌そうな顔をしたけれど、瑠璃はお構いなしに話を続ける。

「お庭を散歩しながら花を見たときに、『瑠璃さまの方がお綺麗です』と褒めてくれたのです。お世辞とわかっているのですが、それでも……」

瑠璃は、惚気話が長くなりそうな気配をわざと出してやる。

そのおかげで、瑠璃の話は始まったばかりだけれど、瑛宝はもううんざりしたようだ。

「お友だちと仲が良さそうで結構ね」

「そのうちお姉さまにもご紹介《しょうかい》したいです。今度一緒にお友だちの家へ遊びに行きましょう」

瑠璃はここにいない蒼天の顔を思《おも》い浮《う》かべ、勝手に照れておいた。

瑛宝はもう我慢《がまん》できないとばかりに、さっと立ち上がる。

「元気な顔が見られてよかったわ。病み上がりなのに訪ねて申し訳なかったわね」

瑠璃は厭そうな顔をしている瑛宝を見送ろうとしたとき、足がふらついたふりをして、
瑛宝にわざとぶつかった。

「あっ、すみません！　少し目眩が……」

「ちょっと、危ないじゃない。気をつけなさいよ」

瑛宝は、瑠璃の身体を突《つ》き放《はな》そうとする。

瑠璃は瑛宝の身体に摑《つか》まりながら、瑛宝の香の匂いを探った。

（濃《こ》くて甘い。……その中に、別の臭いもある）

この『別の臭い』には覚えがある。皇帝の部屋でも嗅いだことがあったのだ。

――これは、獣が自分の獲物だと主張しているような強烈な印だ。

どうやら玉洞城内に入りこんだ獣は、瑛宝も狙《ねら》っているらしい。

念のために、瑛宝にもう少し探りを入れておいた方がいいだろう。

「お姉さま、香を変えましたか？　いい匂いですね」

「ああ、気づいたの？　新しい匂い袋《ぶくろ》を身につけているのよ」

瑛宝は瑠璃に胸を張った。どうやら羨《うらや》ましく思っていると勘違《かんちが》いしたようだ。

「もしかして、華陽という薬師がつくった匂い袋ですか？」

「そうよ。とても貴重な材料を使っているんですって。私は特別につくってもらえたけれど、貴女は無理でしょうね。それでは失礼するわ」

最後に自慢話《じまんばなし》ができた瑛宝は、機嫌を直してから部屋を出ていく。

瑠璃は瑛宝を笑顔《えがお》で見送ったあと、椅子《いす》に座り直した。

「瑠璃さま、お茶を入れ直しましょうか」

祥抄は、瑠璃をそっと気遣《きづか》ってくれる。

しかし瑠璃は、飲みやすくなって丁度いいと笑った。

「それよりも、侍女見習いたちを連れてきて」

祥抄は、すぐに隣の部屋で待機させられていた三姉妹を連れてくる。

三姉妹たちは瑠璃の前で膝をつき、拱手をして頭を下げた。

「私とお姉さまの会話をしっかり聞いていたかしら？」

「はい」

三人は顔を伏せたまま同時に返事をする。

どうやら瑠璃の教えは、きちんと身についているようだ。

「誰かに嫌味《いやみ》を言うと決めたら、相手を泣かせるまで撤退《てったい》してはいけないわ。中途半端《ちゅうとはんぱ》なことをしたら、舐《な》められるだけよ」

瑠璃は、嫌味を言いにきたのに急いで帰っていった瑛宝の姿を思い浮かべ、ああなってはいけないと三姉妹に教えた。

「あの程度の嫌味しか言えないなんて、公主の名折《なお》れですわ」

長女の芙雪が鼻で瑛宝を笑えば、そうですともと次女《じじょ》の珊月《さんげつ》が同意する。

「芙雪お姉さまなら、もっと凄い嫌味を言えます！」

三女の蛍花《けいか》も、そうだそうだと声を弾《はず》ませた。

「新婚《しんこん》の方に嫌味を言いたいのなら、浮気の証拠《しょうこ》を先に摑むべきですぅ！」

瑠璃はよろしいと満足気に頷く。

女ばかりの後宮内で生き抜くためには、これぐらいの根性《こんじょう》は必要だ。

側室になったあとの心構えというものを彼女たちに何回か教えてきたけれど、どうやら彼女たちには側室の適性があったらしく、この程度のものは軽い嫌味にもならなかったらしい。

(未来の夫の見る目は素晴《すば》らしかったわね)

やはり人というのは、見た目よりも心を大事にしなければならない……と瑠璃が思っていたら、蒼天が部屋に駆けこんできた。

「大丈夫ですか⁉　先ほど、瑠璃さまの部屋から出てきた瑛宝さまとすれ違ったんですが……！」

瑠璃は蒼天の『大丈夫』の対象がわからず、首を傾げる。

「お姉さまになにかあったの？」

「……瑠璃さまの元に、瑛宝公主さまがお見舞いにいらっしゃったと聞きました」

蒼天は禁軍《きんぐん》の武官なので、今も昔も自然と皇族の話は耳に入ってくる。

今日もまた、仕事中に同期の友人と顔を合わせるなり、「瑠璃さまのところに、瑛宝さまがお見舞いに行ったらしい。またいじめているんだろうな」と教えられた。

瑠璃といえば、顔がいい公主として有名である。けれども、それだけだ。母親が元宮女だった瑠璃は、立場が弱い。いじめられても反撃《はんげき》できないかもしれない……と思って、急いで様子を見にきたのだ。

「瑛宝お姉さまには、私に手を上げられるほどの度胸はないわよ。どれだけ怒ったとしても、絶対にしてはいけないことを本能でわかっているから」

瑠璃は手を払い、三姉妹に部屋から出ていくよう指示する。

三姉妹たちは音を立てずに、ささっと隣の部屋に入った。

「だとしても、嫌味は言ってくるんですよね？」

蒼天が心配したら、瑠璃は微笑む。

「あの程度の嫌味なんて、嫌味にもならないわ」

蒼天は瑠璃になにかを言おうとしたけれど、上手く言葉にならなかった。

――家族に嫌味を言われる気持ちは、俺にはわからない。

瑠璃は平然と嫌味にもならないと言うけれど、それが本心なのか、それとも強がりなのか、きちんと両親に愛されていた蒼天には判断できなかった。

「……嫌な気持ちになったはずです。嫌味を言われて喜ぶ人は、ごく一部でしょう。すみません。俺がついていれば……」

蒼天が謝罪したら、瑠璃はふっと笑う。

「ついていれば？　貴方にできることはないわ。嫌味をその場で二倍の嫌味にして返してあげることなら、わたしの方が絶対に得意よ」

蒼天はその通りだと思った。

瑠璃に口喧嘩《くちげんか》をさせたら、大抵の人に勝てるだろう。そのぐらい、この可愛らしい人の頭の回転は早い。

「……俺がついていたら、瑠璃さまに嫌味を言うくちを強引《ごういん》に塞ぐことができます。俺は武官ですから」

蒼天の想定外の提案に、瑠璃は眼を円《まる》くしてしまった。

わざわざ嫌味を言いにきた瑛宝のくちを、蒼天のこの大きな手が強引に塞いでくれたら、声を上げて笑っただろう。

「ふふ、そうね。貴方ならできるわ」

これまで瑠璃は、ずっと一人で戦ってきた。降りかかる火の粉を、自分で振り払わなければならなかった。

しかしここにきて、一緒《いっしょ》に戦おうとしてくれる人が現れる。

瑠璃は、自分では思いつかない方法で嫌味に対抗しようとする蒼天を頼もしく感じた。

(実際に頼るかどうかはまた別の話だけれど、いざというときの備えがあるのは、とても心強いわね)

瑠璃にとっての蒼天との結婚は、国の未来のためのものだ。けれども今、他の意味も生まれた気がした。

「そう言ってくれるだけで嬉しいわ。うるさいくちを塞いでほしいときは呼ぶから、すぐにきてちょうだい」

「……わかりました」

蒼天は、瑠璃が自分の提案をそこまで本気にしていないことを察する。しかし、ここでそのことについて言い争ったとしても、勝てる気はしなかった。

「そうそう、貴方は瑛宝お姉さまとすれ違ったのよね？　瑛宝お姉さまについてなにか気になったことはある？」

瑠璃の質問に、蒼天は少し考える。

瑛宝と話したことはないし、警護についたこともない。だから違いがあっても気づけないけれど……。

「……甘い臭い」

蒼天は瑛宝とすれ違ったときに、甘い香りを感じ取っていた。その中に、不快な臭いが紛れていた。この甘くて不快な臭いには覚えがある。

「皇帝陛下の寝室の香りに似ているような気が……」

蒼天はそんなことを言いながら、似たような臭いをもつ人を思い出した。

瑠璃はふふふと笑い、話の続きを促す。

「陛下の他にもう一人いるでしょう？」

「薬師の華陽……ですね」

蒼天は獣の臭いを、不快感という形で感じ取っているようだ。

瑠璃は、普通の人間でありながらそこまで感覚が研ぎ澄まされている蒼天に感心した。

「陛下、瑛宝お姉さま、薬師の華陽。この三人には濃くて甘い匂いの他に、獣の臭いが混じっている。華陽については詳しくないけれど、陛下と瑛宝お姉さまは犬や猫《ねこ》を飼っていないはずよ」

瑠璃は、現時点での可能性をくちにする。

「城内に入りこんだ〝獣〟は、あの三人に執着《しゅうちゃく》している。もしくは――……」

勘が鋭い皇帝は、おそらく真っ先にこの異変へ気づいたのだ。

「あの三人の誰かに化けているのかもしれないわね」

瑠璃は指で狐の形をつくり、「こん」と鳴いてやった。

「……誰かではなく、全員に化けているのかもしれませんよ」

蒼天は、人間に化けられる獣がいるのだろうかと疑問に思う。

けれども、昨夜の城内に満ちていたやけに鼻につく甘い匂いや、それを誰も指摘《してき》しない異様な状況、甘い匂いに紛れた獣の臭いから、さすがに自分の常識が通用しない事態になっていることを察してしまった。

「誰かに化けるというのは、結構大変なことだと思うわ。親しい人はいつもと違うことに気づけるもの。獣の目的は一体どこにあるのか……」

瑠璃はそこで言葉を止め、首を横に振る。

「その辺りのことはまだ考えないようにしましょう。ただ、人の命ではなさそうね」

人の命がほしいだけなら、連続殺人事件が既《すで》に発生しているはずだ。

しかし今のところは、甘い匂いがあちこちから漂い、それに獣の臭いが紛れているだけだった。

「今夜はなんとしてでも〝獣〟に会いたいわ」

瑠璃の言葉に、蒼天は頷く。

「それまでに、俺は城の中を歩き回っておきます。不快な臭いが他にもないかを確認してみますね」

このあと蒼天は、玉洞城内をくまなく歩いて色々な人とすれ違ってみた。けれども、甘い匂いを感じることはあっても、不快になるほどのものはなかった。


瑠璃と蒼天は、夜になってから動き出す。

官吏のほとんどが仕事を終えて玉洞城からいなくなったあとなので、城の中には静けさが戻ってきていた。

「今夜は警備兵に声をかけながら回るつもりよ。また警備兵たちが『立ったまま居眠り』をしているのなら、原因の追及《ついきゅう》と対策が必要ね」

瑠璃が白い息を吐きながらそんなことを言えば、蒼天は周囲を見ながら答える。

「今日、医者に『立ったまま眠ってしまう病気はあるのか』と聞いてみました。医者によれば、ないわけではないそうです。疲れすぎると病気になっていなくても、立ったままの居眠りを誰でもするとか」

「武官が働きすぎているという話で終わってほしいわね。このままだと、なにかあっても警備兵がすぐに対応できなくて、誰かの首が刎《は》ねられる事態になるわよ」

瑠璃と蒼天は、あまり人が通らないところを選んで歩いた。

今夜の警備兵は、瑠璃たちが前を通ればきちんと立礼し、瑠璃に声をかけられればしっかりとした返事をしてくれる。

（昨夜の警備兵の異変は、個人の問題だったのかしら？　それとも……）

甘い匂いはまたたしかにほんのりと漂っているけれど、昨夜ほどではない。

「……瑠璃さま。庭に人影《ひとかげ》が」

庭に面した廊下を歩いていたら、蒼天が瑠璃の肩を掴んで立ち位置を変えた。

瑠璃は周囲を警戒しながら、蒼天の視線の先を見てみる。

「女性？　下働きの者かしら」

そこには、灯《あか》りをもたずに立っている二つの影があった。

蒼天は手にもっている灯りで、二人の女性を照らす。

片方がなにかを指差していた。もう片方はやめようと言わんばかりに手を振る。

「……貴女たち、その先になにかあるの？」

瑠璃が蒼天を伴《ともな》って近づいていけば、下働きの女性たちからふわりといい匂いがした。

この匂いには覚えがある。瑛宝の匂い袋の香りに似ている気がした。

「瑠璃さま……!?」

下働きの女性たちは瑠璃の姿に驚いたあと、膝をついて頭を下げる。

蒼天は瑠璃のために灯りを掲げた。

「発言を許すわ。なにを見たのか説明して」

瑠璃が命令したら、下働きの女性は頭を下げたまま恐《おそ》る恐るくちを開く。

「その……なにかの影が眼の前を走っていったんです。とっさだったので、猫なのか犬なのかわからず、確かめに行こうと同僚を誘ってみたんですが……」

「わたしは、その、夜なので、幽霊《ゆうれい》とか妙な生きものだったら大変だと止めて……」

瑠璃は、下働きの女性たちが見ていた方をじっと見つめた。

「行ってみましょう。……ああ、貴女は残って、なにかあったら人を呼んでちょうだい」

瑠璃は怯《おび》えている方の女性をここに残し、確かめようとしていた方の女性を連れていくことにする。

下働きの女性は先頭に立ち、あっちの方ですと指さした。

少し歩くと、小さな薪小屋《まきごや》が見えてくる。

「中の確認をして」

「はい」

薪小屋の扉には真新しい頑丈《がんじょう》な閂錠《かんぬき》がついていた。

どうやらこの扉は、外側からなら自由に開け閉めできるようになっているようだ。

(狐騒動があったから、狐に出入りされないようにしたのね)

蒼天は小屋の扉を開け、灯りをもって中に入る。

瑠璃は小屋から少し離れたところに立ってそれを見守っていたけれど、下働きの女性がふと小屋の中を見て「あれ？」という顔をした。

「瑠璃さま、あそこなんですが……」

下働きの女性が小屋の中を指さしたので、瑠璃は扉に近づいて中を覗きこみ……背中を強く押されてよろけてしまった。

「きゃっ！」

思わず悲鳴を上げたけれど、転ばずにすむ。蒼天がとっさに瑠璃に駆け寄って、抱き止めてくれたのだ。

その間に扉が勢いよく閉まり、ごとんという鈍い音がした。

同時に、遠ざかっていく足音も聞こえる。

「瑠璃さま⁉」

「やられたわね……」

瑠璃は扉を開けようとしたけれど、わずかに動くだけで、開くことはなかった。

「きっとさっきの下働きの者の仕業《しわざ》よ。これは私への嫌がらせだわ。最初から仕組まれていたことでしょうね。犯人は、私が狐探し中だということを知っている誰かのはず。だから下働きの者に小動物の影を見たという嘘を言わせ、ここに誘いこんだ」

「……公主さまにそんなことをしたら、あとで罰を受けるのに」

蒼天は扉に手をかけて力を込める。ぎしぎしという音は聞こえるけれど、それだけだった。

「扉を壊《こわ》しますか？　待つより早く出られると思います」

「それはもうちょっとあとにしてほしいわ。さっきの下働きの者がまだ遠くから見ているかもしれない。すぐに出ていこうとしたら、嫌がらせをもっとしてくるかもしれないの。周りに汚《きたな》いものをまくとかね」

さすがに油をまいて火をつけるようなことはしないだろうけれど、それ以外のことは平気でやるだろう。

「私たちをここに連れてきたのは下働きの者に見えたけれど、おそらくそうではないわ。随分《ずいぶん》と拱手や姿勢が綺麗だったもの。下働きの誰かと思いながら犯人探しをしても、犯人は見つからないでしょうね。二人の顔は見た？」

「いいえ、暗かったのでそこまでしっかりは……。次から気をつけます」

「あら、いいのよ。むしろ謝るべきは私の方だわ。貴方を巻きこんでしまったから」

瑠璃はため息をつく。こんな幼稚《ようち》な嫌がらせ、あまりにも久しぶりで警戒を怠《おこた》ってしまった。

「後宮にいた頃《ころ》は、全てのことに気をつけていたけれど……」

おそらく朝になれば、誰かが薪小屋にくる。一晩じっとしていたら必ず見つけてもらえるので、犯人は瑠璃にただ嫌がらせをしたかっただけだろう。

「……貴女は、後宮でこんな扱いをされていたのですか？」

蒼天の質問に、怒りのような感情が混ざっていた。

瑠璃は小さな灯りを頼りに小屋の中を見ながら、「そうね」と答える。

「母親が元宮女の皇女というのは、立場が弱いのよ。苛々《いらいら》したときにいじめてもいい相手として便利なの」

「瑠璃さま……」

蒼天は瑠璃の肩に手を置き、柘榴色の瞳をじっと見つめた。

「そんな他人事《ひとごと》のように言わないでください。それはあまりにも酷《ひど》い扱いです。怒っていいし、悲しんでもいいんです。瑠璃さまが怒ったら俺も一緒に怒るし、悲しんだら精一杯《せいいっぱい》慰《なぐさ》めます。だから……」

瑠璃は、蒼天のまっすぐな眼差しに驚いてしまう。

こうやって真正面から瑠璃と向き合おうとしてくれた人は、とても少ない。久しぶりに出会えた気がする。

瑠璃は蒼天の手に自分の手を重ねた。瑠璃の手がひんやりとしていたせいか、蒼天の手に力が込《こ》められる。

「私はもう子どもではないから、幼稚だと思うだけよ。……でも、貴方が一緒にいてくれるから、朝まで退屈《たいくつ》しなくてすむわね」

一人のときにこんなことにならなくてよかった、と瑠璃は正直な気持ちを打ち明けた。

蒼天はそれでもいまいち納得できなかったのか、首をひねっている。しかし、ここで引いてくれた。

「とりあえず、座れるところに座りましょう。誰かが通る気配を感じたら大声を出してほしいわ。善意の第三者という人の目があれば、これ以上の嫌がらせはしないでしょう」

「わかりました。立派なつくりの小屋ではなくてよかったです」

この小屋は、雨から薪を守るためにつくられたものである。分厚い板を張《は》っただけの壁《かべ》には、指が入りそうな隙間《すきま》があちこちにあって、外の様子がまったくわからないわけではなかった。

「瑠璃さま、どうぞこちらへ」

蒼天は乾燥《かんそう》中の木の上に自分の外套《がいとう》を広げ、瑠璃にその上へ座るよう促した。

しかし瑠璃はその外套を摑み、蒼天に押しつける。

「そんなことをしなくても、貴方が椅子になればいいわ。温かいし」

「……えっと」

「ほら、座ってちょうだい。貴方の外套の大きさなら、私も包《くる》めるはずよ」

瑠璃は、自分を蒼天の膝の上に乗せろと要求する。

　すると蒼天は、慌て出した。

「いいいいけません！　瑠璃さまとそんなに密着するのは駄目《だめ》です！　問題です！」

「私たちはこれから夫婦《ふうふ》になるのよ。沐浴のときは散々私を抱えていたのに、今更《いまさら》なにを言うわけ？」

「あれは善意です！　動けない方を抱えるのは武官として当然のことです！」

　蒼天の中で、動けない瑠璃を抱えることと、瑠璃の椅子になって抱きしめることは、なにやら違う意味があるらしい。

　瑠璃にはその違いというものがさっぱりわからなかったので、無視することにした。

「寒いから早くしなさい」

「あっ、あぁ……！　なんというか、全方位にすみません……！」

　蒼天はよくわからない謝罪をしたあと、外套に袖《そで》を通して木の上に座る。

　瑠璃は蒼天の上に遠慮なく座り、腕を回して少しでも温めろと要求した。

「……温かいですか？」

「ええ。貴方、体温が高いのね。一緒に寝たことがあるのに、初めて知ったわ。すぐに眠ってしまったせいかしら」

「いやいや！　あのときは瑠璃さまと一緒に寝ていません！」

　蒼天は言い訳をしつつ、この居心地《いごこち》の悪さになんとか耐えた。

「膝が痛くなったら言って。立つから」

「瑠璃さまは軽いから大丈夫です」

「そう？　無理はしないでね」

　そわそわしている蒼天とは反対に、瑠璃はこれで凍《こご》えずにすむと肩から力を抜く。

「……瑠璃さまからは、あの匂いがしないので助かります」

　蒼天は瑠璃を抱きしめている状態から気をそらすために、とっさに匂いの話をした。

「あの匂い？」

「ちょっと甘ったるすぎる……城内の女性のほとんどから臭います。瑛宝さまもつけていたあの臭いです」

「ああ、華陽が調合した香ね。ただ流行《はや》っているだけなのか、誰かが流行らせているのかはわからないけれど……。私はそこまで嫌な匂いに思えなかったけれど、甘い匂いが苦手な人だと、たしかにうんざりするかもしれないわ」

　瑠璃はそう言ったあと、蒼天を見上げる。

「これから、甘すぎる香は使わないようにするわね。貴方好みの妻になることも大事だと思っているもの。夫婦は仲よくすべきよ」

　蒼天は瑠璃の物分かりのいい発言を聞いて、なぜか苦悩《くのう》する。

「瑠璃さまのおっしゃることはいつも正しいのですが、こう……！」

なにかが違うとぶつぶつ言った蒼天は、ため息をついたあとに瑠璃を見た。

「……でしたら、俺も瑠璃さまの好みにしていくべきだと思いますよ。変えてほしいところがあれば言ってください」

瑠璃は蒼天の言葉に、わずかに首を傾げてしまう。今のは、瑠璃との結婚を渋《しぶ》っている人間の発言とは思えない。

「貴方は、私と結婚したくなったの？」

「そういうわけではありません……！　ただ……」

蒼天は己の心の中に生まれたものを、どうにか適切な言葉に変換《へんかん》しようとする。

「……瑠璃さまは立派な皇族だと思います」

突然、蒼天のくちから瑠璃を褒《ほ》め称《たた》える言葉が出てきた。

瑠璃は蒼天の意図が読めず、瞬きを繰り返してしまう。

「とりあえず、続けて」

「はい。……俺は元々平民なので、考え方が平民なんですよ。瑠璃さまは、平民は生きていくことを大事にしたらいいとおっしゃっていたじゃないですか。俺はまさにそれです。個人的な復讐を考えたことはあるけれど、国のためとか、そういうことを考えたことはなくて……」

平民だけど運よく武官になれた。武官の給金はとてもいいから、できるだけ続けたかった。後《うし》ろ盾《だて》がない武官が禁軍で生き残るためには、色々なことに気をつけなければならなかった。その合間に、個人的な欲求を満たそうとしていた。

蒼天はこれまで、普通の平民という生き方しかしてこなかったのだ。

「最近になって『実は皇族でした。これからは皇族として生きてください』と言われました。皇族に相応しい名誉職をもらって、書類を確認するだけなのに高い給金をもらえることになって……不満はなにもないです。もらえるものはもらっておく主義なので」

皇族なので出世できますよと言われたら、なら出世しようかなと思う。

可愛いお嫁《よめ》さんが押しかけてきたら、結婚するのも悪くないと思う。

蒼天は立派な信念をもつ人間ではないので、良《い》い方向ならば流されることを選んできた。

「でも、これからなにをしたらいいのかが、わからなくなっていたんですよね」

平民出身の武官だったときは、すべきことがいくらでもあった。

しかし今はあまりにも暇で、やることを探している日々である。

「暇を持て余していたら、瑠璃さまが皇族としての時間の使い方を教えてくれたんです。だから俺は、瑠璃さまにとても感謝しているんですよ」

瑠璃は当たり前の顔をしてこう言った。

——皇族には青龍神獣から『時間』が与えられている。この時間は国のために使うものなの。

あのときの衝撃《しょうげき》を、蒼天は今も鮮《あざ》やかに思い出せる。

「実際にどうしたらいいのかは、皇族としての勉強が足りなくて、まだわかりません。だから今は、瑠璃さまの傍《そば》で皇族というものを学ぼうと思っています」

蒼天は、もらえるものはもらっておく主義だ。

瑠璃の傍にいて瑠璃の手柄をちゃっかり横取りするだけではなくて、瑠璃の皇族としての姿勢をしっかり見ておくつもりだった。

そんな蒼天の思いを知ることになった瑠璃はというと、なぜか言葉が出てこなくなる。

(皇族のための授業は、私にとって感謝されるほどのものではなかったけれど……)

義務のような、当たり前のような、瑠璃にとってそんな感覚だった。

「皇族というのは、ご立派な考え方を小さい頃から教えられるんですか？」

蒼天の質問に、瑠璃は戸惑《とまど》いながらも答える。

「これは青龍神獣さまの教えというか……希望ね。そうであってほしいという青龍神獣さまの願い。真面目に受け止めている人は、ほとんどいないわ」

「では、瑠璃さまが凄いんですね」

蒼天は素直《すなお》に瑠璃を褒めてくれる。

瑠璃は笑ってしまった。自分は、蒼天が思っているほど立派な人間ではない。そうしなければならなかったから、そうなっただけだ。

「……私は小さい頃から、どのお兄さまにつくべきかを考えなければならなかったのよ」

少し前まで、采青国《さいせいこく》には有力な皇太子候補が二人いた。

瑠璃にとっての異母兄《あに》である第一皇子《おうじ》と第二皇子は、瑠璃の未来視で皇帝になっていた。時と場合で皇帝になる人が変わっていたので、瑠璃は最終判断を青龍神獣から任されたような気持ちになっていたのだ。

「どちらのお兄さまがよりよい未来にしてくれるのかは、知識がない状態では判断できない。だから真面目に勉強したの。それだけの話よ。……この件に関しては、とても悲しい結末になってしまったわね」

この身に宿る偉大なる力があったから、瑠璃は未来を見ることができた。未来を見たから、この国の危機を実感できた。どうにかしなければならないと思うことができた。

普通の皇女だったら、皇族の務めというものをここまで意識していなかっただろう。

「瑠璃さまが皇子として生まれていたら、瑠璃さまが皇帝になっていましたね」

「あら、貴方は話がわかる人なのね」

瑠璃は、そうだったら話は早かったのに……と本気で思ってしまった。

「皇女は皇帝になれないから、そこはもう諦めたわ。代わりに貴方の皇后になって、貴方と共に国をよくしていくつもりよ」

蒼天は瑠璃の将来設計に、いやいやと首を横に振る。

「俺と結婚したいのなら、瑠璃さまには禁軍将軍の妻ぐらいで……」

満足してほしい、と蒼天が頼もうとしたとき、獣の遠吠えが聞こえてきた。


――ウォーン……


蒼天も瑠璃も、この声の主は狐かもしれないと警戒する。

瑠璃が蒼天の膝から降りれば、蒼天はすぐに壁の隙間から外を見た。

「城内の禁衛兵の何人かはこの鳴き声に気づいているはずです。……おかしい。警備兵や見回り兵の足音が聞こえない」

今は狐狩りの真っ最中だ。獣のような声が聞こえたという報告が入れば、どこにいるのかを確かめるために走り回るはずである。

「――扉を壊して」

瑠璃は蒼天の顔を見た。

こうなったら、幼稚な嫌がらせに付き合っている余裕はない。

「了解しました」

蒼天は瑠璃に離れているよう指示し、手巾《ハンカチ》を渡《わた》す。

「埃《ほこり》が舞うので、それで鼻やくちを覆《おお》ってくださいね」

「自分のものがあるわ。これは貴方が自分で使いなさい」

「瑠璃さまの綺麗な手巾を汚《よご》すわけにはいきませんよ」

蒼天は薪小屋の中にある斧《おの》を取り出し、手の中でその重みを確認する。

平民出身なので、薪割《まきわ》りの経験はいくらでもあった。懐かしい重みにほんの少しだけ笑いながら、斧を扉に叩きつける。

——ガツン！　という大きな音が鳴った。

瑠璃は耳と腹に響くその音を聞きながら、蒼天の背中をじっと見守る。

扉に何度も振り下ろされる斧は、おそらく蒼天の思《おも》い描《えが》いたところにきちんと刃《やいば》が当たっているのだろう。ぎしぎしという音が大きくなっていった。

「よっ……と」

蒼天がこれでどうだと扉に蹴《け》りを入れる。すると、扉が勢いよく開いた。

「見事ね。助かったわ」

「つけただけの扉でよかったです。門錠《かんぬき》をすぐに破壊《はかい》できました」

瑠璃は斧をもっている蒼天の逞しい腕を見る。

そして、自分の袖をめくり、太さを比べてみた。

「……私、もう少し鍛えるわ」

「そうしてくださると嬉しいです」

蒼天は斧を元の位置に戻し、先に小屋から出て、周りが安全かどうかを確かめる。

「人の気配はありません」

「下働きの者たちは立ち去ったみたいね。あとで犯人探しはするけれど……とりあえず、まずは狐狩りよ」

小屋の中にいたせいで、どこから聞こえた遠吠えなのかわからなかった。

瑠璃がもう一度吠《ほ》えてほしいと願いながら空を見たら、蒼天は北を指差す。

「陛下が狐を見たと言っていたので、陛下の寝所《しんじょ》の近くを通っているはずです。その辺りから確認していきましょう」

蒼天は皇帝の寝室を目指し、庭を横切っていく。

瑠璃は早足で歩く蒼天へ必死についていった。

「誰にも会わないいなんて変だわ。警備兵の様子を確認した方がいいわね」

「あそこで右に曲がります。警備兵が立っているはずです」

蒼天は、右に曲がった先に立っていた警備兵へ声をかけ……驚いた。

「おい！　しっかりしろ！」

なにかあったときのために、警備兵は二人一組で行動している。それなのにまたもやどちらもぼんやりしていて、蒼天が肩を叩いても反応しなかった。

「昨夜と同じね」

警備兵の眼は開いているのに、寝ているかのようにじっとしている。さすがにこれは、『立ったまま居眠りをしている』ではない。

瑠璃は、『この異常事態の原因は、城内に入りこんだ獣』という前提で、対応策を練ってみた。

（まずは脅かしてみましょう）

瑠璃は警備兵の前に立ち、眼を細める。

己の中にある偉大なる力を意識しながら、言葉を放った。

「——眼を覚ましなさい」

これは、絶対的な強者による命令だ。

警備兵の身体はびくんと震えたあと、眼に意思という光を宿す。

「え……っと」

「見張り中に居眠りとは感心しないわね」

瑠璃が呆れた声を出せば、警備兵は眼を見開いた。

「公主さま……！　すみません！　疲れていたようでして……！」

「狐の鳴き声のようなものが聞こえたわ。もしまた聞こえてきたら、どこから聞こえたのかをあとで報告してちょうだい」

「わかりました！」

続いて瑠璃は、もう一人の警備兵にも声をかける。

「眼を覚ましなさい」

もう一人の兵士も、瑠璃の命令に反応した。

(私の命令で眼を覚ましたのなら、病気ではないわね。なにかに惑《まど》わされたと考えてもいい)

城内に妖《あやかし》のようなものがいて、警備兵を惑わしている。おそらくその妖は、遠吠えの声の主だ。

(どちらにしても、私の敵にもなれない相手だわ)

妖のようなものの束縛《そくばく》に、瑠璃の命令は勝った。

対処法がはっきりしたので、瑠璃は動きやすくなる。

「見回りを再開しましょう」

瑠璃がそう言って歩き出せば、蒼天は慌てて瑠璃の横に並んだ。

そして小さな声で、瑠璃に説明を求める。

「瑠璃さま、今のはどういうことですか?」

蒼天は愚《おろ》かではない。自分がぼんやりとしている警備兵に声をかけてもなにも起きないのに、瑠璃が声をかければ警備兵の意識を戻せることに気づいていた。

「警備兵を惑わせた誰かよりも、私の方が上というだけの話よ」

「……本当にそういうことでいいんですか？」

「ええ」

蒼天は納得したような、納得していないような、なんとも言えない表情になる。

「おそらくこの辺りの警備兵は使いものにならないわね。私が声をかけて回ればいいけれど、根本的な解決にはならない。先に……」

遠吠えの獣を探そうと瑠璃が言おうとしたとき、急に月の光が遮《さえぎ》られて視界が暗くなる。

（雲……ではなくて、これは……！）

瑠璃は夜空を見た。

月を隠しているのは、何本もの尾《お》をもった狐だ。

狐は屋根から屋根へと飛び移り、月の光を浴びながら踊《おど》っている。

その姿はぞっとするほど美しく、見惚《みと》れてしまいそうだった。

（化け狐……!?　尻尾《しっぽ》は何本!?）

瑠璃は驚きのあまり、つい一歩下がる。そのとき、小石を踏《ふ》んでしまったらしく、転んでしまった。とっさに手をついたおかげで怪我はないけれど、蒼天が驚きの声を上げる。

「瑠璃さま!?」

蒼天の声に反応したのか、夜空で踊っていた狐が振り返り、瑠璃たちの姿を捉《とら》えた。

瑠璃は座りこんだまま、素早く蒼天に命令する。

「構えて！」

どうやら蒼天は瑠璃に、命じられる前から動いていたらしい。抜き身の剣《けん》を構えて、矢のように急降下してきた狐へ怯《ひる》むことなく剣を振り抜いた。

「避《よ》けた⁉」

狐は間一髪《かんいっぱつ》で蒼天の攻撃《こうげき》から逃《のが》れる。

しかし、蒼天はそれすらも予想していたのか、いつの間にか脱《ぬ》いでいた外套を狐に叩きつけた。

視界を奪われて驚いた狐に、蒼天は再度の攻撃を仕掛ける。

「ギャワン‼」

狐の鳴き声が響いた。

同時に蒼天は、地面に落ちたものを素早《すばや》く摑む。

「瑠璃さま！　離れないでください！」

蒼天は瑠璃を庇《かば》える位置に移動したあと、唸《うな》り声を上げながら身体をくねらせている狐と向き合う。

狐は、ぐるるる……と怒りに震える声を発したあと、ぱっと逃げていった。

蒼天は狐の再度の襲撃《しゅうげき》を警戒したけれど、しばらく待ってもなにも起こらない。もう大丈夫だろうと判断して剣を収める。

「瑠璃さま、お怪我は？」

「ないわ。貴方……その手にあるのはもしかして……」

瑠璃の視線は蒼天の左手に向けられていた。

蒼天は「ああ」と言い、左手に握《にぎ》っていたものを瑠璃に差し出す。

「狐の尻尾です。事前の打ち合わせができなかったので、首を落としてもいいのか判断できず、とりあえず尾を狙いました」

「……凄い腕ね」

蒼天の手の中にある狐の尾は、意思をもったようにびくびくと震えている。淡《あわ》く輝く尻尾は、なにも言われなければ猫か犬の尻尾にしか見えないだろう。

「先ほどの攻撃はただ速いだけでした。あの狐にもっと知性があるのなら、次はこう簡単にはいかないでしょう」

瑠璃の眼には、狐の動きも蒼天の剣も速すぎた。理解が追いつかなかった。

しかし蒼天は、大したことはしていないという顔をしている。

「貴方、本当に強いのね。頼もしいわ」

祥抄が警戒するだけはあると、瑠璃は感心した。

「武官ですから、これぐらいは。……とりあえず、城内に化け狐がいたことだけはわかりましたね」

蒼天は、手にもった狐の尾をどうしようかと周りを見る。

瑠璃は自分の手巾を取り出し、端を縛って袋状《ふくろじょう》にし、これに尾を入れろと命じた。

「布を突き破《やぶ》ったりしないでしょうか？　まだ動いていますが……」

「私が管理したら大人しくなるわよ。任せてちょうだい」

瑠璃は蒼天から狐の尾を受け取り、手巾で包んだものを袖の中に入れた。絶対に逃すものかと袖をにらんでやれば、尻尾はなにかを察したのか急に大人しくなる。

「狐の尾が何本あったのかはわかる？」

蒼天が優秀な武官であっても、さすがにあれだけの接触ではわからないだろう。

瑠璃は念のために尋ねただけだったけれど、蒼天はあっさり答えた。

「八本でした。斬《き》り落《お》とせたのは一本なので、残りは七本です」

「そこまで見えたの⁉」

「はい。あれだけ近づけば見えますよ」

瑠璃は蒼天の眼のよさに驚く。どうやら蒼天の能力をかなり過小評価していたようだ。

「八本……。厄介ね」

「九尾《きゅうび》の狐の話なら聞いたことはあるんですが、八尾《はちび》の狐にも悪事を働いたとかいう逸《いっ》話《わ》があるんですか？」

蒼天の疑問に、瑠璃は「そこまで詳しいわけではないけれど」と先に言っておく。

「化け狐の尻尾の数は、力を増すごとに増えていくのよ。尻尾が九本ある仙狐《せんこ》と呼ばれる完全体になれば、不老不死になるらしいわ。人間ではどうすることもできない相手ね」

あの化け狐の尻尾は八本なので、仙狐になる一歩手前だ。化け狐は早く仙狐になりたくて、太陽の光から得られる日精《にっせい》と月の光から得られる月精《げっせい》を集めるだけではなく、城内にいる人々の精気も取り入れようとしていたのだろう。

「人がいないところで太陽や月の精気を集めているだけならお好きにどうぞだけれど、玉洞城にいるとなれば話が変わってくるわ。警備兵の様子がおかしいのも、あの化け狐の仕業でしょうね」

皇帝の『狐を見た』は正しかった。さすがは勘が鋭い一族だけはある。

「俺に尻尾を斬り落とされた化け狐が泣きながら玉洞城から出ていく……とかはないんですか？」

「逆にこの尻尾を取り返しにくると思うわ。貴方のことをにらんでいたもの。そうね……あれを『八尾の狐』と名づけましょうか。なんらかの対策が必要よ」

そのとき、風が強く吹く。思わず瑠璃が冷たい風に身を震わせれば、蒼天が風上に立ってくれた。

「瑠璃さま、話の前に宮へ戻りましょう。八尾の狐の尻尾をもっている今は、城内を不用意に歩くべきではありません」

「そうね」

瑠璃は明日になったら、嫌がらせをしてきた下働きの者たちの正体を突《つ》き止《と》めるつもりだった。けれども、先に狐対策をしなければならないようだ。

「……警備兵たちの意識が戻ってきているみたい」

瑠璃は蒼天と歩きながら、城内に異変がないかどうかを確認していく。

蒼天は見回りの兵士とすれ違ったあと、甘い匂いに顔を顰《しか》めてからはっとした。

「八尾の狐から、甘い香りと獣の臭いがしました」

「わかりやすくていいわ。八尾の狐が陛下とお姉さまと華陽の近くにいるのは間違いなさそうよ。なんならもう化けているかもしれないわね」

城内に入りこんだ獣は、あの八尾の狐で間違いない。

瑠璃はどうやって捕まえようかと考え始めた。


宮に戻った瑠璃は、沐浴《もくよく》をして身を清める。

薪小屋に閉じこめられたときに埃っぽくなってしまったし、身体が芯《しん》から冷えていたので、湯を使いたかったのだ。

(こういうとき、皇女は恵《めぐ》まれていると実感するわ。同時に、弱さもね)

皇女は、一人で生きていけないように育てられている。この城で生き抜くことに特化した教育を受けているのだ。そうなるのは仕方ない。

（……国の未来を変える方法は色々ある。でも皇女として育てられた私には、皇帝を選ぶというやり方しか思いつかない）

瑠璃は蒼天の顔を思い浮かべ、ふうと息を吐く。

夫婦というのは、互《たが》いを思いやり、理解しようとし、仲よくしなければならない。その方が絶対に長続きする。

（しばらくあの人をこの宮へ泊《と》めることになった。これは仲よくなる好機よ）

八尾の狐は自分の尻尾を取り返しにくるだろうから、貴方も尻尾の傍にいるべきだ。

瑠璃の主張は蒼天に受け入れられたので、瑠璃は蒼天とゆっくりできる時間を得られた。

「明日、お姉さまにこの話をしないとね」

蒼天と瑠璃の仲がより親密になっているという話を、瑛宝から皆に広めてもらわなければならない。蒼天に瑠璃と結婚するしかないと思わせるための小細工は、いくらしてもいいのだ。

「瑠璃さま、蒼天さまがいらっしゃいました」

「通して」

瑠璃が許可を出せば、祥抄が寝室の扉を開ける。

「……失礼します」

蒼天が瑠璃の寝室に入ってきた。

初めて部屋に入ってきた猫のように警戒しているので、瑠璃は捕まえて食べようだなんて思っていないわよと獅子《しし》のような気持ちになる。

「あら、きちんと勉強しているのね」

瑠璃は蒼天を手招きしながら、蒼天の手に握られた冊子に目を向けた。

「ここまでして頂いたら、応えるべきです」

蒼天がもっているのは、瑠璃がつくった『玉洞城内の人間関係』という冊子だ。

武官の蒼天は、皇族の顔と名前とある程度の噂話《うわさばなし》なら知っている。しかし、それだけでは駄目なのだ。

「これからの話に必要なものだから、もってきてくれてよかったわ。八尾の狐についてだけれど……」

瑠璃は途中《とちゅう》までは協力者でいてくれる蒼天に、現時点での推測と今後の計画を話そうとした。

けれども蒼天は、瑠璃の言葉を遮る。

「その前に、化け狐が玉洞城内に入りこんでいたので……こう……」

蒼天は「ええーっと」と言いながら、最初に伝えるべきことを考える。

「つまり、まとめると、状況が悪い方向に変わりました」

「ええ、そうね」

蒼天なりの表現に、瑠璃は頷いた。

「これは玉洞城の危機です。皆が一致団結《いっちだんけつ》して化け狐に対抗《たいこう》しなければなりません」

「ええ、そうね」

蒼天はこの状況を危機と言ったけれど、実のところ瑠璃なら今すぐにでも八尾の狐を追い出せる。獣というのは、より強い獣の縄張りへうっかり入ったことに気づいたら、あっという間に飛び出すものなのだ。

(でも、それはまだしたくない。八尾の狐を捕まえることが結婚の勝利条件だし、八尾の狐がどうして私の縄張りに入ってきたのかを確認しておきたいわ。どうせ精気を集めているだけだとは思うけれど)

瑠璃がそんなことを考えている間に、蒼天は話を進めていく。

「俺は瑠璃さまに教わった通り、皇族として優先すべきものからやっていこうと思います。まずは八尾の狐を追い出すか退治すべきです」

個人的事情で「八尾の狐を追い出すのはちょっと……」と思っていた瑠璃は、なにも知らない顔でそうねと頷いておいた。

「なので、正妻の条件を満たすかどうかの話はまた別のときにしませんか？」

蒼天の提案に、瑠璃はにっこりと笑う。

「それは素晴らしい提案ね。これからもっと協力していきましょう」

瑠璃は自分一人でどうにかできるとわかっているから、八尾の狐をしばらく泳がせておくつもりだった。

しかし、どうやら状況は瑠璃にとっていい方に変わってくれたようだ。八尾の狐の目的がわかり次第、すぐ追い出すことにした。

「協力し合うことで、互いのことをよく知り、心を通い合わせる。私たちの結婚のきっかけを尋ねられたら、狐狩りをした話をしましょうね」

瑠璃がいいことだと喜べば、蒼天は複雑な表情になった。

「え～っとですね、とりあえず、現状を整理しますね。……瑠璃さまは化け狐に詳しいんですか？」

「詳しいというか、前にも似たようなことがあったの。後宮に入りこんだ化け猫がいたから、そのときに色々なことを知ったわね」

蒼天は瑠璃の説明に納得した。

人ならざるものに化かされたという怪談《かいだん》は、禁軍でもよく聞く。

実際に友人から「野営の最中に幽霊を見た！」と言われたこともあるので、本当にいるかどうかはさておき、そういう話が今までにあっても不思議ではなかった。

「後宮に入りこんだ化け猫……。無事に追い出せたんですか？」

「きちんと対処できたわよ。今は悪さをすることなく暮らしているわ」

瑠璃はちらりと廊下を見る。そこには侍女の祥抄が立っているはずだ。

(元宮女の妃の子に仕えてくれる侍女なんて、どこを探してもいない。……祥抄は本当にいい侍女ね)

しかし今、その話をする必要はない。

瑠璃は蒼天との話がずれてしまわないように配慮《はいりょ》する。

「では、後宮に入りこんだ化け猫の目的はなんだったんですか？」

「精気を集めるためよ。力を得た化け猫たちは、仙狸《せんり》になることを目指している。好みの精気を集めるために、人に化けて街中に混じることも多いみたい。きっと化け狐たちも似たようなことをしているわ」

蒼天は瑠璃の説明を聞いて、だからか……と呟く。

「人の血を好むわけではないんですね」

「仙狸を目指している猫は、殺生《せっしょう》を控えるみたいね。連続殺人事件になっていないのは、そういうことでしょう。性格が悪い狐なら、玉洞城内を混乱させて遊ぶぐらいのことはするかもしれないわ」

蒼天は、ここが八尾の狐の『餌場《えさば》』になっていることを理解した。

——八尾の狐は、夜な夜な玉洞城の人をぼんやりさせ、精気を吸っている……。

目的が精気集めならば、今すぐあの化け狐をどうにかしないといけない事態ではない。

そこはありがたかった。

「化け猫は、若い精気を好んでいるらしいわよ。若手の官吏や後宮の妃たちが多くいる玉洞城は、好みの精気を探しやすいでしょう。ここは化け狐にとっても、最高の餌場なのかもしれないわね」

でも、と瑠璃は蒼天を安心させる言葉を放つ。

「ここには恐ろしい生きものがいる。多くの生きものはそれを恐れ、気軽に出入りできなくなっている」

「恐ろしい生きもの……？」

「青龍神獣の化身と言われている皇帝陛下がいらっしゃるじゃないの。龍は一番恐ろしい生きものでしょう？」

蒼天は、瑠璃の話をどこまで本気にしてもいいのかを迷った。ただの冗談《じょうだん》なのか、なにかの比喩《ひゆ》表現なのか、蒼天にはまだ判別できない。

「そういうことなら、陛下が倒《たお》れた隙《すき》に八尾の狐が入ってきたということですか？」

「……そう、かもしれないわね」

瑠璃は、自分の力の強さを今になって思い知る。

自分が玉洞城にいるというそれだけのことで、よくないものがこの城に寄り付かなくなっていたのだ。

（私が城を離れた隙に入られた……。やはりあの屋敷で暮らすのは難しいわね）

早く蒼天に城内の宮を与えたい。できれば東六宮《とうりっきゅう》のどこかに……皇太子扱いされるところがいいだろう。

「結婚を先にしようと思っていたけれど、この狐狩りで手柄を立てさせて、先に皇太子候補にしてしまうのもいいわね」

瑠璃が今後の計画の立て直しをしたら、蒼天は苦笑する。

この一大事にちゃっかりしすぎだろうと、瑠璃に半分ほど呆れて、瑠璃に半分ほど頼もしさを感じてしまった。

「瑠璃さま、ついでに化け狐についての質問をしてもいいですか？」

「どうぞ」

瑠璃が許可を出せば、蒼天は疑問に思っていたことをくちにする。

「化け狐と甘い臭いに関係はありますか？　あの臭いで人を惑わしているんですか？」

「自分の獣の臭いを誤魔化すため……と思っていたけれど、自信はないわね。たしかに力のある化け狐なら、匂いで相手を魅了《みりょう》することもできるかもしれない」

瑠璃は言葉をここで止める。

今の段階で結論が出ないことを、ああだこうだと言ってこねくり回しても無駄《むだ》だ。

「八尾の狐は、陛下と瑛宝お姉さまと華陽を最初に押さえた。こちらの動きなんて筒抜《つつぬ》けになっているはずよ。それを逆手《さかて》に取りましょう」

わからないことがあるのなら、八尾の狐を捕まえて直接聞けばいい。

瑠璃はそう決めて、八尾の狐の次の行動を推測する。

「八尾の狐は、斬り落とされた尻尾を必ず取り返しにくる。今後も玉洞城を餌場にしたいはずだから、目立たないよう夜にこっそりこの宮へ侵入することも充分《じゅうぶん》考えられるわ」

瑠璃は尻尾を入れた袋《ふくろ》を袖から取り出し、中身を確めてから再びしまう。

「寝るときは、部屋の内側から鍵をかけておく。こうしておけば、扉や窓を破壊する音で八尾の狐の襲撃に気づける」

「わかりました。それでは俺は、昼間はそうもいかないけれどね」

蒼天は八尾の狐の襲撃に備えるという任務をしっかりやるつもりだった。けれども、瑠璃はあくびをしながら訂正する。

「夫婦は一緒に寝るものよ。八尾の狐を追い払ったあとも、同じ寝室を使いましょうね。さぁ、もう寝るわよ」

瑠璃はそう言って寝台に入り、眼を閉じる。

蒼天は驚いてしまったけれど、それならその長椅子を使わせてもらうか……と移動した。

すると、瑠璃が起き上がって手招きをしてくる。

「ちょっと、どこで寝るつもり？」

「結婚していない男女が同じ寝台で寝るのは、よくないことです」

蒼天の訴えに、瑠璃はため息をついた。

「あとで必ず結婚するんだから、順番がちょっと前後するだけじゃない」

瑠璃は呆れた声を出したけれど、蒼天は黙って首を横に振る。

「貴方ね……愛らしい公主さまと共寝《ともね》できることを喜ばないの？　もらえるものはもらっておく主義なんでしょう？」

蒼天はその通りだと思った。しかし、それで終わる話ではないことも理解している。

「もう少し平和なときで、普通に瑠璃さまが俺に惚《ほ》れてくれて、ただ結婚したいだけなら、じゃあもらっておきますかになりますよ。可愛いし、皇族の正妻として完璧《かんぺき》な方なので」

蒼天の前向きな心境の変化に、瑠璃は嬉しくなった。最終的にこの結婚は、蒼天が本気で嫌がれば、瑠璃にとって意味のないものになる。

皇帝命令で蒼天と結婚して、蒼天を無理やり皇帝にしたとしても、蒼天が皇后の瑠璃の助言をまったく聞かなかったら困るのだ。

「俺は瑠璃さまという方を、少しですがわかってきました。瑠璃さまと結婚したら、瑠璃さまは本当に俺を皇帝の座に押し上げようとするでしょう。……俺が皇帝に相応しいのかどうかは、もっと本気で考えないといけない話ですよ」

蒼天は皇族として、国の未来へ本気で向き合い始めてくれた。

瑠璃からしたら、それだけで充分だ。それすらできない皇族があまりにも多すぎる。

「貴方ならいい皇帝になれるわ」

そんな瑠璃の言葉に、蒼天はなにか思うところがあったのか、眼を細めた。

「……いい皇帝、ですか。瑠璃さまにとってのいい皇帝とは、瑠璃さまの言うことの全てに『はい』と答える皇帝なんですか？」

「おおよそはね。でも、私は完璧ではないし、間違えることもある。そのときは貴方に指摘してほしいの。子どもを産みたいのなら、先に身体を鍛えた方がいいと言ってくれたときのようにね」

蒼天はこのとき、瑠璃をまた一つ理解する。

――この方は、己の不完全さを知っている。指摘されたら直そうとする。

これは、なかなかできることではない。

生まれながらにして皇族としての意識をもち、賢《かしこ》い上に学ぶ意思があり、人の意見を受け止めて取り入れる度量があるこの人こそ、皇帝になるべきだろう。

「……瑠璃さまが皇子だったら、俺は本気で瑠璃さまを皇帝にしようとしましたよ」

「素敵な言葉ね。でもその心意気は、皇帝になりたいという方向へ向けてほしいわ」

「いえいえ、皇帝位も結婚も遠慮します」

蒼天は長椅子に寝転び、瑠璃に本心を語る。

「瑠璃さまはなにも悪くないんです。……ただ、俺が貴女に相応しいもっといい男だったら、どちらにも頷けたというだけで」

瑠璃は蒼天の言葉を聞かなかったことにした。

──そうね。貴方は皇族になったということを受け入れるだけで精一杯よね。充分よくやっているわ。

本来はそう答えるべきだろうけれど、ここで引くわけにはいかない。

蒼天は皇族になった。ならば、国のためになる選択《せんたく》をしなければならない。

今の蒼天の正しい選択とは、瑠璃と結婚して皇帝になり、国の未来を変えることなのだ。


瑠璃《るり》は未来視の力によって、未来の夢を視《み》せられていた。

──ああ、国が焼ける。玉洞城《ぎょくどうじょう》が焼ける。

民と異国の兵が押し寄せているという報告を聞いた妃の瑠璃は、皇帝へ謁見《えっけん》するために玉洞城内を歩いていた。

——なんとかしなければならない……！

焦《あせ》る瑠璃の前に、一人の男が現れる。

「……瑠璃さま！」

瑠璃はその声に驚いてしまった。

ここにいるはずのない蒼天《そうてん》が瑠璃の前に立ち、手を差《さ》し伸《の》べてきたからだ。

「俺と共に行きましょう。貴女はここで終わっていい人ではない」

「……いいえ。これは私の責任よ」

瑠璃は懐かしさに微笑みながら、首を横に振る。

「陛下の妃になった時点で、私には責任が発生する。ここでその責任を取るわ」

「貴女は妃としての責務をずっと果たしていました！　陛下をお諫《いさ》めになったのは、いつだって貴女だけです！」

それでも瑠璃は、蒼天の手を取らなかった。

蒼天は、瑠璃の手を摑めなかった自分の手を見る。

「……俺が貴女と結婚していたら、この国も瑠璃さまも救えたのでしょうか」

その苦しそうな声とは対照的に、瑠璃の声はとても清々《すがすが》しかった。

「わからないわ。終わったことへの『もしも』を考えても、意味はないもの」

蒼天の手がぎゅっと握られる。

瑠璃はその手に自分の手を重ねようか迷い……やめた。

「さようなら。……どうか幸せに」

瑠璃は蒼天に最後の挨拶をしたあと、皇帝の執務室《しつむしつ》に向かって歩き出した。


「……少しだけ未来が変わったことを喜ぶべきなのかしら!?」

瑠璃《るり》は夜中、最悪の夢を見て飛び起きた。

今回もまた国が滅《ほろ》んでしまった。

けれども、それまでの過程に変化はあった。

どうやら瑠璃と蒼天《そうてん》は、最終的に結婚しなかったけれど、そこそこいいところまではいったらしい。

「この人は私との結婚を悪くないと思い始めたみたい。なら、あとは押すだけよ」

瑠璃は長椅子ですやすやと眠っている蒼天を見て、忌々《いまいま》しい気持ちになった。

「もう、そこまで真面目に考えなくてもいいんだから。責任は全て私が取るつもり……って、この話はしていなかったわ」

瑠璃はため息をついたあと、再び寝台へ身を委《ゆだ》ねる。

「あのね、皇帝に相応しいかどうかをきちんと考えられた時点で、貴方は皇帝に相応しいわよ。それだけのこともできない人が多すぎるんだから」

瑠璃は眼を閉じる。

そして、やはりこの人と結婚したいと改めて思った。

この真実を見抜《みぬ》く瞳は、最初からきちんとこの国のためになる結婚相手を瑠璃に教えてくれていたのだ。

第四章

　翌日、先に動いたのは八尾《はちび》の狐《きつね》の方だった。

　瑠璃《るり》の侍女《じじょ》見習いである三姉妹《さんしまい》の三女の蛍花《けいか》が、瑠璃の異母姉《あね》である瑛宝《えいほう》の侍女に呼びかけられて立ち話をしたところ、匂《にお》い袋《ぶくろ》を渡《わた》されてしまったのだ。

「沢山《たくさん》あるから皆《みな》さんにもどうぞって、凄《すご》く偉《えら》そうな態度で分けてくれました！」

　蛍花は『頂いたものはきちんと瑠璃に見せること』という言いつけを守り、三つの匂い袋を瑠璃にもっていく。

　瑠璃は匂い袋から香ってくる甘い匂いを嗅いだあと、これは瑛宝と同じ匂いだと気づいた。

（あれだけ自慢《じまん》していた匂いなのに……）

　高価な材料が使われていて、瑠璃には手に入らないもの。

　そう自慢してきたのだから、絶対に瑠璃へ渡したくなかったはずだ。

「瑠璃さま、失礼致《いた》します。皇帝陛下《こうていへいか》からの使いがきました。陛下から瑠璃さまに贈《おく》りものがあるとのことです」

「……贈りもの？」

今度は祥抄《しょうしょう》が瑠璃の元にきて、珍しい報告をしてくれる。

瑠璃は応接室で使者を迎《むか》え、皇帝からの贈りものを受け取った。

「これは、皇帝陛下が瑠璃さまのためにつくらせた薬香《やくこう》でございます」

「そう……。お礼の手紙を書くから少しだけ待って」

瑠璃は祥抄に紙と筆を用意させ、筆に墨《すみ》をつける。

——恐《おそ》れ多《おお》くも御高配《ごこうはい》を賜《たまわ》り、心より感謝申し上げます。陛下から頂戴《ちょうだい》いたしました御薬香は、陛下の温かいお心遣《こころづか》いを感じさせるものであり、大切に拝受いたしました。

瑠璃は丁寧《ていねい》に礼を述べた手紙を書き、使者に託《たく》した。

使者が出ていってから、瑠璃は祥抄に香炉《こうろ》へ薬香を入れて火をつけるよう命じる。

「これもあの匂いね」

瑠璃はふわりと漂《ただよ》う甘い香りを確認《かくにん》したあと、すぐ火を消すように命じ、窓を開けさせて部屋の中の匂いを薄《うす》めた。

「陛下からの贈りもの……」

瑠璃が皇帝からもらったものと言えば、皇族の女子であることを示す青玉《せいぎょく》の腕輪《うでわ》と、軟禁《なんきん》場所であるこの宮《きゅう》ぐらいだ。

最低限のことしかしてこなかった皇帝が、今になって瑠璃に薬香を贈ってきたのは、なぜだろうか。

それが本当に皇帝の意思なのかどうかを、瑠璃は疑ってしまった。

「陛下が薬香を贈ってきただけなら、ご病気で気が弱くなり、他の人を気遣《きづか》うようになった……というのも考えられたわね。でも、お姉さまの匂い袋もある」

これはどちらも八尾の狐の仕業《しわざ》だろう。

八尾の狐は皇帝と瑛宝《えいほう》を上手く利用し、瑠璃に香を送りつけてきたのだ。

――この香には、なにかの効果があるはず。

ぼんやりとしていた警備兵たちからは、この甘い匂いが必ず漂っていた。

香を嗅《か》ぐだけではなにも起こらないようだけれど、これになにかを足せばあの状態になりそうだ。

「祥抄、三姉妹を呼んで」

「承知致しました」

瑠璃は侍女見習いの三姉妹たちに、瑛宝と華陽《かよう》を見張らせることにした。

「芙雪《ふせつ》、貴女《あなた》は華陽を見張りなさい。まず私が足を捻《ひね》ったということにして、薬をもらいにいくの。そのときに、華陽の美しさの秘訣《ひけつ》が知りたいという形で、できるだけ色々な話をしてきて」

「はい」

「私についてなにか聞かれたら、話を弾《はず》ませるためなら好きなように答えていいわよ」

瑠璃は芙雪に、悪口を言ってもいいという許可を出す。

「珊月《さんげつ》、貴女は禁軍《きんぐん》へ。私の夫になる人を近くで見張っててちょうだい。女性に言い寄られていたら、この薬の臭《にお》いを嗅がせるのよ」

「はーい」

珊月は瑠璃から軟膏《なんこう》を受け取り、蓋《ふた》を開けて臭いを嗅いだ。

「くっさぁ⁉ なんですかこれは⁉ 凄い薬臭《くさ》い！ 鼻がっ！」

「私から渡されたものの中身をその場で確認したいときは、『開けてもよろしいでしょうか』と言いなさい。はい、やってみて」

「あ、開けてもよろしいでしょうか～！ ええ～ん、臭い～！」

祥抄は礼儀作法《れいぎさほう》がまだまだ完璧《かんぺき》ではない珊月に呆《あき》れながら、瑠璃のために窓を開けて空気の入《い》れ替《か》えを行う。

「蛍花、貴女は瑛宝お姉さまの侍女に接近しなさい。貴女に話しかけてきた侍女を狙《ねら》うといいわ。私の愚痴《ぐち》を零《こぼ》して、わざと隙《すき》を見せるのよ。瑛宝お姉さまの最近の様子をできるだけ細かく聞いてきて」

「わかりましたぁ」

「私の悪口を言っていいわよ。足りないなら上手《うま》く捏造《ねつぞう》してちょうだい」

「大丈夫《だいじょうぶ》です。捏造しなくてもいくらでもありますぅ！」

蛍花が気合を入れていたら、「ちょっと！」「あっ！」と二人の姉が慌《あわ》てて蛍花のくちを塞《ふさ》ぐ。

蛍花は「鞭《むち》で脅《おど》されて死ぬほど働かされている話なら、どれだけでもできますよぉ」という続きを、心の中で言うことになった。

「祥抄は私の傍《そば》で化《ば》け狐《ぎつね》の襲撃《しゅうげき》に備えて。……それでは動いてちょうだい」

三姉妹は瑠璃の号令に従い、それぞれ宮を離《はな》れる。

瑠璃はしばらく静かな宮を楽しめるだろうと思っていたけれど、すぐに賑《にぎ》やかな声が聞こえてきた。

「正妻さま！　瑛宝さまがこちらにきていますぅ！」

蛍花が慌てて走って戻《もど》ってきたので、瑠璃は顔を上げる。

三姉妹たちにはこれから、歩いているように見えるけれど実際には走っているという動き方を教えていかなくてはならない。

「お姉さまは丁度いいときにきてくれたわね。蛍花、貴女はこの機会にお姉さまの侍女と仲を深めるのよ」

瑠璃は祥抄にもてなしの準備をするように言う。

それからすぐに瑛宝がなんの知らせもなく瑠璃の宮にやってきた。それはとても失礼なことだけれど、瑠璃は黙認《もくにん》するしかない。

「瑠璃、具合はどうかしら？」

「お見舞《みま》いにきてくださり、ありがとうございます。もうよくなりました」

瑠璃は瑛宝に笑顔で挨拶をしたあと、椅子に座るよう促す。

瑛宝は、昨日は贈りものをもらったとか、恋文をもらったとか、先日の瑠璃の惚気話《のろけばなし》に対抗して様々な自慢話をしてきた。

（……八尾の狐がお姉さまに化けるのは大変だわ。この大雨の日の大河のように流れていく自慢話は、お姉さまにしかできないもの）

ここにいる瑛宝は本人で、八尾の狐に上手く利用されているだけ。

瑠璃はそのことにほっとしながら、瑛宝の侍女と蛍花が仲よくなるためのきっかけづくりを始める。

「瑛宝お姉さま、よかったらこのお茶をどうぞ。武官のお友だちが身体《からだ》にいいものを取り寄せてくれましたの」

瑠璃はさり気なく蒼天《そうてん》との惚気話を入れながら、瑛宝に薬茶を勧《すす》めた。

「そ、そう……。凄い臭いね」

瑛宝は、嫌《いや》な臭いを放つ薬茶に手をつけない。身体にいいと言われても、飲みたくないのだろう。そうそうと自分の侍女へわざとらしく声をかける。

「美容にいいお茶があるわ。一緒《いっしょ》に飲みましょう。今すぐもってきて」

瑛宝は自分の侍女に、お気に入りの茶葉をもってくるように命じた。

侍女は後宮にある瑛宝の宮まで走り、息を切らしながら瑠璃の宮に戻ってくる。

「こちらをお使いくださいー」

蛍花は茶葉をもってきた瑛宝の侍女に、用意していた茶器を渡す。

瑛宝の侍女は蛍花から茶器を受け取り、丁寧に茶を入れた。しかし、いつもとは違《ちが》う茶器だったので、瑛宝好みの味にならなかったようだ。

「ちょっと、なにこれ！　入れ直しなさい！」

瑛宝は自分の侍女に怒《おこ》り出す。

叱《しか》られた瑛宝の侍女は、いつもの茶器を急いで取りに行った。

「……ふん。今度はまあまあね」

入れ直した茶は瑛宝にとって満足がいくものだったようで、瑠璃に効能がどうとか値段がどうとか、楽しそうに自慢話をする。

一方、振《ふ》り回《まわ》されてしまった瑛宝の侍女は、疲《つか》れきっていた。

「大変ですねぇ。その気持ち、わかりますぅ。あ、匂い袋、ありがとうございました」

蛍花は瑛宝の侍女に同情の眼差《まなざ》しを送る。

瑛宝の侍女は、いつもなら貴女と一緒にしないでと怒っただろう。けれども、瑛宝の宮から瑠璃の宮まで二往復もさせられたので、今だけは愚痴る相手がほしくなった。

「そうなんですよ。いつも大変で……！」

「うんうん、皇女さまたちはお気楽でいいですよねぇ」

螢花は瑛宝の侍女の愚痴を聞きながら、瑛宝について聞いていく。

占《うらな》い師《し》というのは、人の愚痴や悩《なや》みを聞くことがそもそも得意だ。ほとんどの占い師は、当たる当たらないではなくて、お悩み相談で稼《かせ》いでいるのである。

「わたしは最近になって瑠璃さまへお仕えするようになったんですけれど、瑠璃さまと瑛宝さまって仲がいい姉妹なんですねぇ。やっぱり似た者同士だからですか？」

「ああ、そんなことはないわよ。瑛宝さまは瑠璃さまのことが嫌《きら》いだもの。自分より可愛《かわい》いから嫉妬《しっと》しているのよ。この間だって……」

瑛宝の侍女はうっかりくちを滑《すべ》らせ、瑛宝が瑠璃にした嫌がらせの話を螢花にしてしまった。


次女《じじょ》の珊月は、蒼天の身の回りの世話を任されたという顔をして、蒼天に張りついていた。

蒼天は職場に瑠璃の侍女見習いを連れこんでもいいのだろうかと心配したけれど、名誉《めいよ》職《しょく》に就《つ》いている皇族は常に従者《じゅうしゃ》といたことを思い出す。

「……ついに女へ興味をもったのか」

禁軍の同期の友人は、蒼天へ書類を届けにきたときに、そんなことを呟《つぶや》いた。

蒼天は、それは誤解だと慌てて言い訳をする。

「元から興味はあった。金と権力を得て女好きになったとかそういうことじゃないんだ。これは……ちょっと事情があって、瑠璃さまの侍女見習いについていてもらっていて……」

「ははぁ、浮気《うわき》防止か。嫉妬深い恋人なんだなぁ」

友人は、「蒼天と瑠璃公主《こうしゅ》が急に親密になっているようだ」という噂話《うわさばなし》を知っていたので、なるほどと勝手に納得《なっとく》してくれた。

「というか、お前さ、禁軍にいつまでいる気だ？　皇族になって食うことに困らなくなったのなら、そろそろ辞《や》めた方がよくないか？」

「……それは、そうだけれど」

「まぁ、稼げるうちに稼ぎたいって気持ちはわかる。でも、職場は禁軍以外にしておけよ。なにかあったら、皇帝陛下の代理人として真っ先に戦場へ行くことになるぜ」

皇族には支度金《したくきん》というものが授《さず》けられているため、働かなくても生きていける。更に領地をもつことができれば、そこからの税収も得られるので、優雅《ゆうが》な暮らしができる。

友人の言う通り、稼げるうちに稼ぎたいだけなら、領地をもたせてもらうか、文官の名誉職をもらった方がいい。ちなみにどちらの仕事も、人を雇ってやらせるのが普通《ふつう》だ。

（俺は禁軍所属の武官だったから、皇族として認められたあとも禁軍の武官を続けていた。でも禁軍で出世を狙うつもりがないのなら、職場を変えた方がいいんだよな）

妻子をもつのなら転職すべきだ……と蒼天は考え、はっとする。

想像上の妻子が、やけに具体的だった。その方だけは駄目《だめ》だと自分に言い聞かせる。

「それともあれか？　禁軍将軍を狙ってんのか？　そうなったら俺を副将軍にしろよ」

「いやぁ、それはどうかな」

友人が蒼天の部屋から出ていったあと、蒼天はため息をついた。

「旦那《だんな》さま、これをどうぞ。嗅いでください」

すると、続き部屋に控《ひか》えていたはずの珊月が、強烈《きょうれつ》な臭いを放つ軟膏を差し出してくる。

「いやいや、あいつは男だから」

「はっ、そうでした。すみません。朝から女性に話しかけられてばかりなので、流れ作業でつい」

「いやいや、いやいや、みんな書類を届けてくれているだけだから……！　あと、最近の狐事件を不安に思っていて、相談に乗ってほしいだけだから……！」

蒼天がそういうことではないと言い訳をしたら、珊月は眼《め》を細める。

「旦那さま、あのですね」

珊月は差し出した軟膏を袖《そで》の中に入れながら、呆れた声を出した。

「女性の『不安だから相談に乗ってほしい』は、その通りの意味ではないですからね」

「……はい」

「なにかを言われてから断ればいいと思っているのかもしれませんが、言い寄られないようにするのも大事だとあたしは思いますよ」

「………はい」

蒼天はその通りですと珊月に返事をする。

珊月は、やれやれと言わんばかりに肩《かた》をすくめた。

「正妻さまのお心を大事になさった方がいいです。あの方を怒らせたら、鞭でしばかれますからね。あたしたちみたいに」

「肝《きも》に銘《めい》じておきます……」

「あと、旦那さまは趣味《しゅみ》をつくった方がいいです。暇《ひま》すぎです」

「そうだね……」

蒼天の仕事は、出勤したらそれで終わりなので、やることがない。

届いた書類の確認はしているけれど、一日に十数枚ぐらいしか届かないので、あっという間に終わってしまう。

(多分、ここが俺の人生の分岐点《ぶんきてん》だ)

皇族としての務めを果たすことを第一に考えるのなら、武官であった蒼天はその能力を活用できる場——……禁軍にいるべきだ。

そして、こんな風にだらだら過ごすのではなく、部隊を率いる役職に就いて、将軍職を目指さなければならない。

（……でも、それは危険な生き方なんだよな）

周りは蒼天の気持ちをわかってくれない。国のためにできることをしているだけだと理解してくれない。皇太子を目指していると思ってしまう。

平民出身の自分には難しい決断だ、と蒼天は息を吐《は》いた。


陽《ひ》が落ちた頃《ころ》、仕事を終えた蒼天は、皇帝の私室周辺を念のために確認しに行く。

一方、三姉妹たちは今日の出来事を瑠璃に報告していた。

「正妻さま！　聞いてください！　瑛宝さまの侍女の話なんですけれど、瑛宝さまは瑠璃さまを薪小屋《たきぎごや》に閉じこめろって命じていたんですぅ！」

瑛宝の侍女から愚痴を聞いて瑛宝の情報を集めていた蛍花は、瑠璃に本日の成果を披露《ひろう》する。

しかし瑠璃は、蛍花の報告に驚くことはなかった。

「お疲れさま。そうだと思っていたけれど、本当だったのね。想定内すぎる犯人だわ」

あの嫌がらせの犯人は、瑠璃たちが狐狩《きつねが》りに行くことを知っている者のうちの誰《だれ》かだ。

こちらが庭にくるとわかっていたから、侍女を庭で待機させておくことができたのだろう。

「それからぁ、瑛宝さまは最近、ふとっ…………、ふと……細いの反対になったそうです！　それで、痩《や》せる効果がある高価な匂い袋を薬師《くすし》に頂いて、実際に効果があったそうです！」

「細いの反対ではなくて、健康的になったと言いなさい」

「はぁい」

瑠璃は蒼天の側室に相応《ふさわ》しい言葉遣《ことばづか》いを教えたあと、蛍花に下がっていいと言った。

次は蒼天に張りついていた珊月を呼ぶ。

お疲れさまと言ってから、珊月の話を聞いた。

「旦那さまのところに、女性武官や女性文官が何人もきていました」

前に祥抄が言っていた通り、蒼天はどうやら女性に人気があるようだ。

元が平民出身の武官なので、もしかして私でも落とせるかも……と考える女性が多いのだろう。

（あの人と私が結婚《けっこん》していない未来になってしまうのは、第三者が原因かもしれないわ

ね）

蒼天は、皇帝に相応しいかどうかをしっかり考えられる人だ。

悩んでいる最中に、瑠璃ではない別の女に言い寄られて、二人で幸せな家庭をつくりましょうと口説かれたら、そちらにふらりと気持ちが傾《かたむ》くこともあるだろう。

「引き続き、張りついていてちょうだい。あと、女性との会話が長引くようなら邪魔《じゃま》しなさい。二人きりで会う約束をしたら、すぐに私へ報告するように」

「わかりました～！」

珊月は心の中で「ですよね～！」と言う。

自分たちを保護してくれた蒼天が瑠璃の鞭で叩《たた》かれるのは可哀想《かわいそう》だったので、そうならないように早めに釘《くぎ》を刺《さ》せて本当によかったとほっとした。

「次は芙雪ね……あら？　戻っていないの？」

華陽に張りつくように命じておいた芙雪は、瑠璃の宮にまだ帰ってきていないようだ。

瑠璃がもう少し待ってみることにしたら、ふわりと甘い匂いが漂ってきた。

「……お姉さまの香？」

蛍花がもらってきた三つの匂い袋は、箱にきちんとしまってある。皇帝にもらった薬香もしまってある。

誰かが勝手に取り出したのなら注意しなければならないと立ち上がったら、祥抄がやってきた。

「瑠璃さま、瑛宝さまがいらっしゃいました。……兵を連れています」

祥抄からの報告に、瑠璃は声を低くする。

「――八尾の狐の尾《お》を〝隠《かく》して〟」

瑠璃は袖の中に入れていた袋《ふくろ》を祥抄に預ける。

祥抄はしっかりと頷《うなず》き、袋を懐《ふところ》に仕舞《しま》いこんだ。

瑠璃はすぐに自室から出て、応接室に向かう。既《すで》に宮の中へ兵士が入りこんでいたようで、随分と騒々《そうぞう》しくなっていた。

「瑛宝お姉さま、これはどういうことでしょうか」

瑠璃がこの場に相応しくないほど愛らしく微笑《ほほえ》めば、応接室にいた瑛宝はふんと笑う。

（あら、あらあら）

瑠璃は瞬《まばた》きを数回した。

この眼は真実を見抜《みぬ》く力があるので、人の姿をそのまま映さないときがある。今回は、瑛宝の顔が狐のように見えてしまっていた。

（瑛宝お姉さまが八尾の狐に操られているのか、それとも八尾の狐が瑛宝お姉さまに化けているのか。これだけだと判断できないわね）

祥抄には今、狐の尾を隠させている。

ここにいる瑛宝の正体がどちらなのかを早く見極《みきわ》めたいけれど、祥抄の力を下手《へた》に借りたら、八尾の狐に尾の場所を知られてしまうかもしれない。

「ねぇ、瑠璃。私の侍女の耳飾《みみかざ》りの片方が盗《ぬす》まれたの。ここの侍女の仕業に違いないわ。全員、宮から出てもらうわよ。私たちで徹底的《てっていてき》に探すから」

瑠璃はとりあえず、なにも知りませんという顔をしておく。

「……耳飾り、ですか。どのような？」

「梅の花が三つ咲《さ》いているわ。この子が今日つけていたものよ」

瑛宝の侍女がこれですと言って、瑠璃に耳飾りを見せた。

「この耳飾りの片方がないのですね？　祥抄、これと同じものがこの宮に落ちていなかった？」

「そのようは話は聞いていません」

瑠璃の確認に、祥抄は首を横に振る。

すぐに瑠璃は、祥抄へ使用人を全員連れてくるように命じた。

その間にも兵士による捜索《そうさく》が進んでいたらしく、あちこちから乱暴な音が聞こえてくる。

この様子だと、後片付けに時間がかかるだろう。

「あ！　瑛宝さま！　あの侍女です！　あの侍女が、私の耳飾りを素敵《すてき》だと褒《ほ》めて、物欲《ものほ》しそうにしていて……！」

瑛宝の侍女に指をさされたのは蛍花だ。

蛍花は「ええっ⁉」と声を上げた。

瑠璃は話をまとめるために、そして蛍花に状況《じょうきょう》を教えるために、わざとらしいほど丁寧に確認する。

「昼間、お姉さまたちがいらっしゃったときに、お姉さまの侍女の耳飾りが私の侍女見習いによって盗まれた……ということですか？」

「そうよ」

瑛宝は自信満々に頷いた。

蛍花はとんでもない話に、眼を見開いてしまう。

「そんなことしていません！　自慢されたから褒めてあげただけなんですぅ！」

蛍花の正直すぎる話に、瑠璃は笑いそうになる。

「ええ、私は貴女を信じているわ」

瑠璃は、慈愛《じあい》に満ちた微笑みを蛍花に向けた。

蛍花はそれに安心するのではなく、なにかをするつもりだと察してしまう。瑠璃はそれほどまでに蛍花たちにとって恐ろしい存在であった。

「お姉さま、気が済むまで調べてください。私の服の中も、侍女の服の中もどうぞ。きっと耳飾りはどこかで落としてきたのでしょう。この宮や私たちの衣服の中から出てくることはありません」

瑠璃は皆に、宮から出るように指示する。

そのあと祥抄だけに、別の命令をした。

――梅の花の耳飾りが出てきたら、その耳飾りに〝化けて〟。

祥抄は瑠璃に向かって、静かに小さく頷く。

瑠璃は、さあどうぞと瑛宝の前に立った。

「私の服の中を調べてもいいのは、お姉さまだけですわ」

「……そうね」

瑛宝は瑠璃の服のあちこちを触《さわ》り始めた。

瑠璃はその手つきから、瑛宝の目的が『耳飾り』ではないことに気づく。

(耳飾りなら、もっと色々なところに隠せる。でもそこまで細かく探すつもりはなさそう。

……目的は八尾の狐の尾ね)

周囲に漂っていた甘い匂いが一段と濃《こ》くなる。

宮の中で、香が焚《た》かれ始めたようだ。

(なにをする気?)

獣《けもの》の臭いがじわりと瑛宝から広がってきた。

瑠璃はさすがに顔を顰《しか》めたくなったけれど、瑠璃以外の者はこの獣の臭いに気づいていないようだ。……いや、それどころか、ぼんやりし始める。しかし、なぜか瑛宝の声だけは彼らに届いていた。

「……公主さま、『耳飾り』が見つかりません」

「そんなはずはないわ。もっと探しなさい。絶対にあるはずよ！」

「……公主さま、侍女たちの服の中を調べました。『耳飾り』はどこにもありません」

「もう一度確認しなさい！」

祥抄は、ぼんやりしている瑛宝の侍女に服の中を探《さぐ》られても澄《す》ました顔をしていた。瑠璃が頼《たの》んだ通り、〝隠して〟いるようだ。

「お姉さま、もういいでしょう。きっとどこかで落としたのです」

「いいえ。絶対にあるわ！」

瑛宝がもっと探せと騒いでいたら、人が集まってきた。

蒼天もどこかで瑠璃の宮《きゅう》に瑛宝が押しかけたという話を聞いたらしく、駆けつけてくる。

「なにがあったんですか⁉」

宮の中から漂う甘い臭いに、蒼天は思わず袖で鼻を押さえる。

瑠璃はそんな蒼天に、にこりと微笑んだ。

「お姉さまの侍女が〝耳飾り〟を落としたから、探しにきたのよ」

「耳飾り……ですか？」

「お姉さま。私のお友だちの服の中も調べてはいかがですか？」

瑠璃が瑛宝に声をかければ、蒼天を見た瑛宝の目つきが変わった。

「今すぐこの男の服の中を調べて！〝耳飾り〟を探すのよ！」

瑛宝はなぜか焦ったように叫《さけ》ぶ。

兵士たちはぼんやりとした表情で蒼天を取り囲み、〝耳飾り〟が隠れていないかどうかを探った。

しかし、どれだけ探っても出てこない。

「これは一体……」

困惑《こんわく》している蒼天に、瑠璃は小声で指示を出す。

「合図を出したら、貴方の判断で動いて」

瑠璃は難しい命令をしたけれど、蒼天は無言で頷いてくれた。

「お姉さま、このままでは夜中になってしまいます。今日はもう後宮《こうきゅう》に戻られて、ご自分の宮の中をもう一度探されてはいかがですか？」

瑠璃が遠回しに「ここにはない」と告げる。

すると、瑛宝の目つきが変わった。

「……………」

瑛宝は瑠璃をにらみつけてくる。

それは『どこへ隠した？』と言っているようにも思えた。

「念のために、色々なものを持ち上げてみなさい」

瑛宝の命令に、兵士たちはぼんやりとした表情で頷く。

既に兵士たちはありとあらゆるところを探していて、家具はひっくり返されたあとだ。『持ち上げてみなさい』の命令は今更《いまさら》すぎるだろう。

「……！　耳飾りがありました！」

兵士の一人がそう叫び、瑛宝の元へ走ってくる。

瑛宝はにやりと笑い、ほらねと瑠璃に耳飾りを見せてきた。

「貴女の侍女の部屋から出てきたわ。盗人《ぬすっと》の使用人を雇《やと》っているなんて、いったいどういうことかしら？　お友だち共々、こんな宮よりお似合いの宮があるのではなくて？」

瑛宝は、落としてもいない耳飾りを今出てきたかのように言い出す。

そして瑠璃たちを、盗人とそれを庇《かば》う主人ということにしてきた。尾が見つからないので、とりあえず瑠璃たちを牢《ろう》に入れ、それからゆっくり探すつもりなのだろう。

（八尾の狐は、私たちを恐れているのね）

瑛宝は集まってきた人々に、自分の侍女の耳飾りを見せつけ、どういうことなのかをわざとらしく説明している。

このままでは、瑠璃がどのような言い訳をしても、瑛宝の言葉が真実になってしまうだろう。

蒼天もそのことに気づいたようで、焦《あせ》り始めていた。

しかし瑠璃は、わざとらしく宮から少し離れたところを指さす。

「あら？　あんなところになにか光るものがあるわ」

廊下《ろうか》と庭の境目のところに、きらりと光るものがある。

集まってきた人たちの視線が、一斉《いっせい》にそこへ集まった。

「梅の花に見えるけれど……取ってきてもらえる？」

瑠璃は蒼天に微笑み、取ってくるように命じる。

蒼天は誰よりも早くに駆《か》けつけ、落ちていたものを手に取って瑠璃と瑛宝に見せた。

「……梅の花の耳飾りです」

「えっ⁉」

瑛宝は驚《おどろ》きの声を上げる。

瑠璃は口元を押さえ、上品に「まぁ」と言った。

「これは私の侍女見習いの部屋から出てきた耳飾りとそっくりだわ。お姉さまの侍女が落としたのはこちらの耳飾りで、私の侍女見習いが同じような梅の花の耳飾りをもっていたということかしら。……そうよね、蛍花」

瑠璃が蛍花に優《やさ》しく同意を求める。

蛍花はなにかを察し、うんうんと何度も頷いた。「そうよね」と主人に同意を求められたら、間違《まちが》っていても頷かなければならないことを、鞭の音と共に教えられている。

「はいっ、そうですぅ！　わたしは似たような耳飾りをもっていました！」

瑠璃は二つの耳飾りを手に取り、よく似ているわと感心した声を出した。

「お姉さま、侍女の落としものが無事に見つかってよかったですね」

瑠璃はさり気なく、外で見つかった耳飾りではなく、兵士がもってきた方の耳飾りを瑛宝の侍女に渡す。

瑛宝の侍女はぼんやりとしていたため、耳飾りをあっさり受け取ってしまった。

「ちょっと……！」

「お姉さま、そろそろお帰りください。私たちは後片付けがありますの。これ以上、この宮を荒《あ》らされるのは困ります」

瑠璃は周りへ聞かせるように声を張り上げた。

瑛宝は、話が勝手に解決してしまったことに動揺《どうよう》する。

「お姉さまの勘違《かんちが》いにここまで付き合ってあげたのですから、感謝してください。疑いをかけられた私の使用人が本当に気の毒でしたわ」

「待って！　おかしいわ！　なんで同じ耳飾りがあるの⁉　ありえない！」

「おかしいと言われても、実際にあるのですから……」

瑠璃は取り乱す瑛宝を宥《なだ》めるふりをしながら、耳もとで囁《ささや》いた。

「お姉さま、鏡を貸してあげましょうか？　惨《みじ》めな姿を楽しめますよ」

瑠璃がふっと笑えば、瑛宝は感情に任せて手を上げる。

そのとき、瑠璃の瞳に映っている瑛宝は、七本の尾をもつ化け狐そのものになっていた。

瑠璃に馬鹿にされて感情が昂ったことで、本性がより現れたのだ。

(痛みと引き換えに、その正体を見破ることができたわね)

瑛宝の手は瑠璃の頰《ほお》に当たる——……はずだったけれど、ぎりぎりのところで蒼天が瑛宝の手首を摑《つか》み、瑠璃の顔を守る。

「瑛宝さま、そろそろお戻りください」

蒼天が忠告すると、瑛宝は蒼天をにらみつけながらその手を振り払った。

瑠璃はにっこり笑いながら蒼天の前に出て、瑛宝に「お姉さま」と声をかけたあと、指をさす。


「——捕《と》らえて！」

瑠璃の命令と同時に、蒼天が動いた。

蒼天は瑠璃の背中に隠れたときに、実は密《ひそ》かに剣《けん》を引《ひ》き抜《ぬ》いていたのだ。

勢いをつけたまま瑛宝に斬りかかり、迷うことなくその首を狙う。

——瑛宝の首が、空を舞《ま》った。

その光景に誰もが驚く。

「きゃあぁぁあ！」

瑛宝の首が地面に落ちるのと同時に、悲鳴が上がった。

しかし、血飛沫《ちしぶき》は飛ばない。それどころか、瑛宝の首はふわりと消えてしまう。

頭を失った瑛宝の身体は、いつのまにかするりと形を変えていた。

「狐だ！」

「どういうことだ⁉」

「化け狐が公主さまに化けていたんだ！　兵を呼べ！」

瑛宝に化けていた狐は瑠璃たちから離れ、怒《いか》りの声を上げたあと、どこかへ飛んでいってしまった。

集まっていた人たちが騒《さわ》ぐ中、狐を逃《のが》してしまった蒼天は舌打ちをしたあと、くるりと振《ふ》り返《かえ》る。

「……ええっと」

瑠璃はというと、瑛宝の首が飛んでいった方を見たまま地面に座りこんでいた。

蒼天はそんな瑠璃を見下ろし、意味がわからないという顔をする。

「大丈夫ですか？　……でいいんですか？」

蒼天が膝《ひざ》をついて瑠璃を覗《のぞ》きこめば、瑠璃はその腕《うで》に弱々しく縋《すが》りついた。

「驚いたわ……」

「え？　あれは化け狐だと気づいていましたよね？　だから合図を送ると俺に言ったんだと思ったんですけれど……」

なぜ驚くのかと蒼天が不思議に思えば、瑠璃は深呼吸をする。

「気づいていたけれど、お姉さまの首が刎《は》ねられたら誰でも驚くわよ……！　貴方、思い切りが本当にいいのね……！」

瑠璃はまだどきどきしている胸を押さえる。

「……瑠璃さま」

「なに？」

「……いえ、なんというか。……なんでもないです」

蒼天は、「可愛いところもあるんですね」と立てない瑠璃に思ってしまった。

瑠璃は化け狐にいつも平然と対応していて、姉の嫌味《いやみ》を平然と聞き流していた。

何事にも動じない人だと思っていたけれど、きちんと動じることもあったらしい。そしてその反応は、あまりにも普通の少女のものだった。

「本当に驚いたわ……。貴方、そこまで正体を確信できていたの？」

瑠璃は蒼天に手伝ってもらいながら、ゆっくり立ち上がる。

蒼天は瑠璃と違って、真実を見抜く眼をもっていない。勘《かん》は鋭《するど》いようだけれど、さすがにあれだけで迷わず斬りかかれるほどの確信はなかっただろう。

「瑠璃さまがおっしゃっていたじゃないですか。瑛宝さまは瑠璃さまに手を上げないと」

「……確かに言ったわね」

「だから瑛宝さまが瑠璃さまを叩こうとしたときに、『あれ?』と思ったんです。それに、手首を摑んだら感触《かんしょく》が変でした。中身がないような不思議な触り心地だったんです。どう考えても人とは思えませんでした」

蒼天は蒼天なりに、あれは化け狐だと確信できるところがいくつかあったようだ。

「今回は一撃《いちげき》で首を刎ねてみたんですが、化けた姿の首は重要な部分ではなかったみたいですね。……狐の姿に戻らせて、その上で首を刎ねた方がよさそうです」

蒼天は簡単なことのように言うけれど、人ならざるものと戦うのはとても大変である。

そのことを知っている瑠璃は、蒼天の腕に感心した。もしかして、采青国《さいせいこく》一の武人なのではないだろうか。

「まずは宮に戻るわよ」

瑠璃は蒼天に付《つ》き添《そ》われながら自分の宮に入る。

そして、手に握《にぎ》っていた耳飾りに声をかけた。

「祥抄。もういいわ」

　すると、瑛宝の侍女の耳飾りにそっくりだったものは、祥抄の姿になる。

「外で後始末をしてきて。お姉さまに化けた狐が出たことを、皆に説明してちょうだい。きっと陛下が見た狐はこれだったともね」

「承知致しました。瑠璃さま、これはお預かりしていたものでございます」

　祥抄は瑠璃に袋を渡し、宮から出ていく。

　瑠璃はその袋を袖の中に入れ、まずは片付けからねと部屋の惨状《さんじょう》に呆れた。

　しかし、「そうですね」と言うはずの蒼天はくちを大きく開けている。

「どうしたの？」

「……いえ、いや、見間違《みまちが》い……？　耳飾りが、貴女の侍女になったので……いやいや、そんなはずは……」

「気にしなくていいわ。前に言ったでしょう？　化け猫は『今は悪さをすることなく暮らしている』と。普段《ふだん》の祥抄は完全に人間として生きているから、気配も人間のものだし」

　そんなことより、と瑠璃は別の話をしようとしたけれど、蒼天はまだ驚いていた。

「ああ、人に化けることができるのなら、物に化けることもできて当然よ。むしろ物の方が簡単だと思うわ。演技をする必要がないから」

　瑠璃は、蒼天への説明が足りなかったようだと反省する。

しかし蒼天は、そういうことではないと言いたくなった。

「……えーっと、そうですね。はい。……貴女が化け狐に詳《くわ》しいのも、驚かないのも、色々なことに納得できました……」

蒼天は本当に驚いたと胸を押さえる。

「まぁ、こんなことで驚いたの？　貴方、可愛いところもあるのね」

そんな瑠璃の言葉に、蒼天はこっちの台詞《せりふ》ですと思ってしまう。

「あ、ねぇ、見てちょうだい。八尾の狐がもってきた香炉よ。八尾の狐はこの甘い匂いに自分の臭いを混ぜて、人々を操っているみたい。私はあとで後宮にいる瑛宝お姉さまの様子を見てくるわ。お姉さまに何事もなければいいけれど……」

瑠璃と蒼天がこれからについて話していたら、宮の外がまた騒がしくなった。

今度はなんだと思っていたら、「大変です！」と珊月が飛びこんでくる。

「正妻さま、皇帝陛下の使者がいらっしゃいました！　芙雪お姉さまと薬師の華陽もいて、芙雪お姉さまの様子が変なんです～！　今にも死にそう！」

瑠璃は珊月の言葉に気になるところがあったけれど、細かい指導は後回しにした。

「わかったわ。応接室を急いで片付けてちょうだい」

瑠璃の命令により、応接室には卓《たく》と椅子《いす》しかないという状態になる。

そこへ皇帝の使者を通せば、共に入ってきた芙雪がいきなり膝をついて謝罪してきた。

「正妻さまぁ～！　申し訳ございません……！　本当に申し訳ございません！」

「なにがあったの？」

瑠璃が説明を求めれば、芙雪は身体をぶるぶると震《ふる》わせながら話を始める。

「あの……こちらの薬師の美容水がほしくて……」

芙雪が華陽の美容水を求めたのは、瑠璃の命令によるものだ。しかし、瑠璃も芙雪も、あくまでも芙雪がそうしたくてしたことにする。

「瑠璃さまのための軟膏を頼んだあと、美容水を頂く対価として薬師の仕事のお手伝いをしたんです。先ほど薬師から、つくった薬を届けに行くから、薬の材料の仕分けをしながら留守番してほしいと頼まれまして……」

芙雪は瑠璃に言われた通り、上手《うま》く華陽に取り入ったらしい。

瑠璃は三姉妹たちの意外な才能に驚きながらも、それを隠したまま「それで？」と話の続きを促《うなが》した。

「薬師から、干している薬は近くを歩くだけでも飛んでしまうから、留守番中は誰も入れないようにしてほしいと言われていたのですが……」

芙雪は手をぎゅっと握りしめる。

「留守番中に扉を叩かれたので、薬師は外出中ですと答えました。ですが、居留守だろうと思われたのかしつこく叩かれたので、少し扉を開けて、ほらいませんよと言おうとして……その隙間《すきま》から狐が入りこんでしまったのです！」

芙雪によれば、狐は華陽の作業部屋を荒らしたらしい。

戻ってきた華陽は散らばってしまった薬の材料を見て顔色を変え、「これは皇帝陛下がお飲みになっている薬の材料だったんです……！」と言った。

華陽はすぐ皇帝の従者に、数日後にはいつもの薬がなくなってしまうことを知らせた。

勿論、大騒《おおさわ》ぎになった。

「私の侍女見習いが申し訳ないことをしたわね」

瑠璃が華陽に謝罪をしたら、華陽は顔を伏《ふ》せたまま首を横に振った。

「いいえ、私の管理が甘かったんです。……それで今から、薬の材料を山まで取りに行くことになりました。陛下にそのことをご説明したら、護衛として蒼天さまをつけるよう命じてくださったのです」

華陽の言葉を引《ひ》き継《つ》ぐように、皇帝の使者がくちを開く。

「この宮に蒼天さまがいらっしゃると聞いて、急いで参りました。今すぐ出立の準備を始めてください」

瑠璃は華陽の姿をじっと見る。

相変わらず、狡猾《こうかつ》な狐のような人だ。最初に見たときから変わらない。

八尾の狐が華陽に化けているのか、それとも華陽が八尾の狐に操られているのか、瑛宝のときのように見ただけでは判断できなかった。

（……とはいっても、私が華陽を知ったのはつい最近のこと。そもそも華陽という薬師が存在していない可能性もあるわね。……ああもう、陛下の使者がいなければ、今すぐここで華陽を捕らえ、その正体をゆっくり探れたのに）

皇帝のお気に入りの薬師をいきなり捕《つか》まえるなんてこと、さすがに瑠璃でもできない。

瑠璃はそのことをもどかしく思いながらも、表に出さないよう気をつける。

「陛下からお役目を任されるのは、栄誉あることよ。貴方の腕が認められて私も誇らしいわ」

瑠璃はそんなことを言いながら、化け狐が皇帝を早々に取りこんだ訳を理解した。

いくら皇族であっても、皇帝命令は無視できない。

そして、瑠璃や蒼天が皇帝に「この華陽は化け狐です！」と訴えても、八尾の狐の臭いに操られた皇帝は信じてくれないだろう。

（陛下を思い通りに動かしたくて、あの甘い香を焚《た》いていたのね。……八尾の狐は自分の尻尾《しっぽ》を取り戻《もど》そうとして必死になっている）

八尾の狐はまず、自分に唯一対抗《ゆいいつたいこう》できる蒼天をこの城から遠ざけるつもりだ。

蒼天が尻尾をもっていったのなら、山の中で蒼天を襲《おそ》う。

蒼天が尻尾をもっていかなかったのなら、天敵である蒼天がいない間に、どこかにあるはずの尻尾を取り返す。

瑠璃は八尾の狐の計画をわかっていたけれど、八尾の狐を捕まえるためには危険を承知でその通りにするしかなかった。

「わかりました。出発は明日の朝にします。それでいいですか？」

瑠璃に行ってこいと言われた蒼天は、仕方なくこの任務を引き受けることにした。

「陛下にそうお伝えします」

皇帝の使者は、華陽と一緒に出ていく。

残された芙雪は、「申し訳ありません〜」と言いながら泣《な》き崩《くず》れた。

「皇帝陛下の薬を滅茶苦茶《めちゃくちゃ》にしてしまいました……。鞭で叩かれても仕方ないです〜！」

瑠璃は、皇帝が目眩《めまい》で伏せっていてよかったと安心する。元気なときだったら、芙雪の首はもう胴体《どうたい》から離れていただろう。

「貴女が迂闊《うかつ》で助かったわ」

「はい、わたくし迂闊です〜！　……って、え？」

「八尾の狐は、華陽の部屋の扉を開けてくれた貴女のおかげでまだなんとかなると判断した。逃げることを選ばなかった。次で絶対に捕まえるわよ」

瑠璃は蒼天に、これからすべきことを話す。

「私が八尾の狐の尾を隠しているから、八尾の狐はこの宮に自分の尾がないと思っている。

貴方が隠しもっているかもしれないと考えている最中でしょうね。……絶対にどこかで襲われるけれど、どうにかできる？」

「殺してもいいのなら。常に武器を持ち歩いてもいい城外で襲われる方が助かります」

蒼天は八尾の狐に絶対勝てると、迷わず答えた。

瑠璃は、この人の方が人外よねと苦笑してしまう。

「できれば生きて捕らえたいけれど……殺してもいいわ。死んだふりをするかもしれないから、鎖《くさり》で縛《しば》ってしっかりした檻《おり》に入れてもち帰ってきて」

瑠璃は荷物の中に、檻と鎖を入れるように言っておく。

「八尾の狐の尾は、俺が管理しておきましょうか？」

「いいえ、私がもっておくわ。絶対に奪《うば》われない自信があるから大丈夫よ」

瑠璃の力があれば、八尾の狐を恐れる必要はない。

ただ八尾の狐を脅かしすぎたら、二度と玉洞城《ぎょくどうじょう》に現れなくなってしまうだけだ。できれば生きて捕らえて、その目的を吐かせ、蒼天が捕まえたのだと言って、蒼天の功績にしたかった。

（でも、欲張りすぎてはいけない。手に負えなくなる前に、始末するか追い出すかをしないと）

自分を戒《いまし》めていた瑠璃は、こちらを見ている蒼天に気づく。

するとと蒼天はなにを思ったのか、心配そうな表情になった。

「……急いで戻ってきます」

「私のことは考えないで。貴方こそ本当に気をつけて。人間なんだから」

瑠璃は蒼天の手を取る。

蒼天は瑠璃と重なった手をじっと見つめた。

――瑠璃と蒼天の間に流れる雰囲気《ふんいき》の変化を、周りは感じ取る。

有能な侍女である祥抄は、ここからは二人きりの時間だと頷き、三姉妹をこの部屋から静かに追い出す。それから自分もそっと部屋を出て、扉を閉めた。

「貴方のことを信じているけれど、怪我をするのではないかという心配もしているの。なんだか不思議な心地《ここち》ね」

瑠璃は、不安を隠しきれない表情で蒼天を見上げる。

蒼天は息を呑んでしまった。そして、そうだったと思い出す。

――この人は、どれだけ強くても、普通の女の子だ。姉の首が飛んだら悲鳴を上げて怖《こわ》がるし、知人の怪我が不安になる。ただ、それをあまり見せないようにしているのか、見ようと思わなければ見えないだけで……。

この方の傍についてあげたい、と蒼天は素直《すなお》に思う。

しかし、自分は明日には瑠璃から離れて、瑠璃に危険が及《およ》ばない場所で、八尾の狐を今度こそ捕まえなくてはならないのだ。

「瑠璃さま……」

蒼天が瑠璃にどんな言葉をかけようかと悩めば、瑠璃の薄く開いたくちから吐息《といき》が漏《も》れる。

「……今夜はすぐに眠《ねむ》りたくないわ」

瑠璃の悩ましげな声が、蒼天の耳をくすぐった。

蒼天が重なった手に力を入れるべきかを迷っていれば、意を決したように瑠璃の柘榴色《ざくろいろ》の瞳《ひとみ》は揺《ゆ》らぎ……。


「寝《ね》る前に、私の身体をしっかり鍛《きた》えておきたいの！」

瑠璃はぐっと拳《こぶし》をつくり、よしと気合を入れる。

「貴方を早く寝かせるべきだと思うけれど、数日いないのなら今夜鍛えておいて、帰ってくる頃に私の身体の痛みが取れている状態にすべきだわ」

瑠璃は「名案でしょう」と言わんばかりの笑顔《えがお》になった。

蒼天はというと、顔から表情が消えて、全身から力が抜けていく。

「あ～……そういう……、そう……ですね」

先ほどまでたしかに存在した蒼天の胸の高鳴りは、虚《むな》しさに変わっていた。

瑠璃にあのまま抱《だ》きつかれていたら、瑠璃を可愛いと思って、「もらえるものはもらっておこう……」になり、翌朝になってしっかり後悔《こうかい》しつつ責任を取っただろう。

そのあとはきっと、瑠璃の思い通りの展開になったはずだ。

「瑠璃さまは……詰《つ》めが甘いですね」

蒼天は瑠璃のおかげで、人生の大事な決断をうっかりせずにすんだけれど、わずかにがっかりする気持ちもあった。

「え？　詰めが甘いところがあった？　それはつまり、私が可愛いということよね？」

瑠璃は喜んでいるけれど、蒼天はまったく喜べない。

「可愛いだけじゃ駄目なんですよ……」

蒼天は適当なことを言いつつ、瑠璃から離れようとして……足先になにかがぶつかったために動きを止める。

「……匂い袋？」

蒼天が落ちていた匂い袋を拾い上げれば、甘い匂いがふわりと漂った。

「お姉さまの侍女からもらった匂い袋は箱にしまっておいたはずだけれど、捜索のときに開けられてしまったみたいね」

八尾の狐は自分の尾を探すために、瑠璃の宮を酷《ひど》く荒らした。そのときにありとあらゆるものが、床《ゆか》にばらまかれたのだろう。

「この甘い匂いと獣の臭いが混じったものを嗅がせられた人は、なぜかぼんやりしてしまい、化け狐に従ってしまう……。匂いのないところへ連れていけば眼を覚ますけれど、大人数にそんなことをされたら厄介よ」

瑠璃は窓を開け、匂い袋から漂う香りを外へ逃す。

「化け狐は薬学に詳しいんでしょうか？」

「人より長く生きているから、人より多くの知識があっても不思議ではないわ。幸いなことに、匂いの力を利用しているのは、化け狐の力だけでは多くの人をまとめて好きに操れないということでもあるわね」

瑠璃は卓に匂い袋を置く。

その中身を出したら丸められた香が出てきたので、指でほぐしてみた。

「……香の材料はなにかしら……って、皓玉《こうぎょく》？」

香の中には、白い石でつくられた玉――……『皓玉』が入っていた。

それを指でなぞってみたところ、なにかの違和感《いわかん》を覚える。

（力を感じる……。ほんの少しだけれど……）

瑠璃は皓玉をもう一度指で撫《な》で、違和感を臭いという形で受け止めた。

「獣の臭い……？」

この皓玉は、ただの皓玉ではない。それに、この皓玉から感じているのも臭いではないはずだ。皓玉には、複雑に混ざり合ったなにかの力が秘められている気がする。

——狐と、人間の精気……？

瑠璃は試《ため》しに皓玉を指で摘《つま》み、自分の力を流しこんでみた。

途端《とたん》、皓玉は瑠璃の力に耐《た》えきれずに割れてしまう。

皓玉から感じていた力も、ふわりと消えてしまった。

「……そういうことだったのね」

瑠璃は匂い袋に香と割れた皓玉を入れたあと、窓から外に捨ててしまう。

「なにかわかったんですか？」

蒼天は見ているだけではなにも理解できなかったので、瑠璃に説明を求めた。

「八尾の狐は、匂い袋に入れておいた皓玉を使って、人の精気を集めていたみたい。呪《のろ》いとか、術とか、化け狐らしく皓玉になにかの小細工をしたんでしょうね」

「小細工……」

「この匂い袋をもった人は、香の中に隠された皓玉に精気を吸われ、じわじわと疲れていく。……そうよね。こそこそ誰かと会う約束を取りつけて一気に精気を奪ったら、そのうち噂になる。そうするよりも匂い袋を配って、匂いがなくなったときに中身を取り替えますと言っておけば、誰にも怪《あや》しまれることなく楽に精気を回収できるもの」

瑠璃は、悪知恵《わるぢえ》が働くのねと八尾の狐に感心した。

八尾の狐が薬師の華陽を狙ったのは、玉洞城内にいる女性へ匂い袋を配るためだ。

瑛宝を狙ったのは、瑛宝に匂い袋を宣伝してもらうためだろう。

「おおよそのことはわかってきたわ」

瑠璃の力があれば、八尾の狐を脅して追《お》い払《はら》うことは簡単にできる。

しかし、今のところ「わかってきた」というものは、全て推測でしかない。

これだけあれこれとやっている化け狐ならば、瑠璃に読みきれない隠されたなにかがあるかもしれなかった。やはり捕まえて、話を聞いて、それから追い出すべきだろう。


夜、瑠璃《るり》は未来を夢という形で視《み》た。

瑠璃は手紙を握りしめたまま、待ち合わせの場所に急いでいる。そこには侍女の祥抄《しょうしょう》に手引きされた蒼天《そうてん》がいるはずだ。

「瑠璃さま……！」

待ち合わせの場所に、蒼天が立っていた。

彼は瑠璃の無事にほっとする気持ちと、そしてこれからを心配する気持ちと、後悔の気持ちを混ぜたような表情になっている。

「……貴方が無事に戻ってきてよかったわ。でも、会うのはもうやめましょう」

瑠璃は、蒼天が戦場から生きて帰ってきたことを心から喜びながらも、悲しみに満ちた声を出す。

「俺は……瑠璃さまが心配なんです」

「大丈夫よ。私はそう簡単に死なないし、上手く立ち回ることもできるわ」

「この間、冷宮《れいきゅう》へ入れられそうになったと祥抄から聞きました」

冷宮とは、後宮内の牢屋《ろうや》のようなところだ。

ろくに掃除《そうじ》をされていない、食事も水も満足に得られないところに、瑠璃は皇帝によって入れられそうになったことがあった。

――陛下、どうか民《たみ》の税を減らしてください！　このままでは、北方は冬を越《こ》せない者ばかりになってしまいます……！

次の皇帝の妃《きさき》になるしかなかった瑠璃は、妃という立場から政《まつりごと》を変えようとした。しかし皇帝は、そんな瑠璃を鬱陶《うっとう》しがったのだ。

「冷宮に入れられたとしても、私は皇族としての務めを果たす。貴方も禁軍《きんぐん》将軍として、戦場に出ているじゃないの。同じことよ」

「……違いますよ」

蒼天は禁軍の将軍になっていた。

国を守るために、各地の反乱を抑《おさ》えこむために、玉洞城《ぎょくどうじょう》にいることはほとんどない。

「次、大きな手柄《てがら》を立てたら、貴方を迎えに行きます」

「それは駄目よ。陛下の怒りを買うだけだわ。陛下は私を手放さない。私を手元に置いておかなければならないの。皇帝であるためにはそうしなければならないと、本能で理解しているのよ」

「瑠璃さま……」

蒼天は痛みを堪《こら》えるかのように眼を伏せる。

瑠璃はそんな蒼天に微笑みかけた。蒼天は瑠璃の笑顔を好きだと言っていたから、できるだけ笑顔でいてあげたかったのだ。

「さようなら。貴方は貴方の役割を果たして。……そのときになったら、この国のことを頼むわね」

瑠璃も蒼天も、国の行く末のことをもう覚悟《かくご》している。

この国は今、急速に傾いていた。あちこちで反乱が起き、他の国に攻《せ》めこまれていた。

皇帝が心を入れ替えたら、滅亡《めつぼう》という未来を変えられるかもしれない。しかし、そんなことはどうやってもできないとわかっていた。

「早く決着をつけた方がいいときもあるわ。民は長引く戦《いくさ》にずっと苦しんでいる。最後の号令をかけるのは、皇族である貴方の役目よ」

もう駄目だと判断したら、反乱軍をまとめ、皇帝を討《う》て。

瑠璃の頼みに、蒼天は眼を見開いた。

「……将軍になったのは、瑠璃さまを殺すためではないんです！」

瑠璃は蒼天に優しく微笑む。

そして、この想《おも》いを断《た》ち切るために蒼天へ背を向けた。


瑠璃《るり》は夜中、眼を覚ました。

勢いよく起き上がったあと、夢だった……とため息をつく。

「なんて夢なの……。私が浮気しているじゃないの……！」

瑠璃はろくでもない皇帝の妃になっていた。国の滅亡は止められないと覚悟していた。

それに加えて、どうやら皇帝の妃になってからも、こそこそと蒼天《そうてん》と会っては話をしていたらしい。

後宮に入ったのに、皇帝以外の男と喋《しゃべ》るなんてことは、絶対に許されない。これは完全に浮気だ。

「……私はともかく、誰かさんは禁軍の将軍になっていたわね」

どうやら蒼天に、心境の変化があったようだ。

蒼天は皇族の心得と多少の野心を持ってくれたのか、禁軍内で武功《ぶこう》を立て、きちんと出世していた。

ただし、瑠璃との結婚は躊躇ってしまったようだ。

「もう！　私の浮気相手になるぐらいなら、早く私と結婚してちょうだい！」

瑠璃は長椅子《ながいす》で寝ている蒼天に文句を言ったあと、もう一度寝台《しんだい》に横たわる。

（……未来を変えるのは、難しいことなのね）

きっと、蒼天と仲良くなってきている。

寝る前に蒼天の先生をしてあげ、そして蒼天には身体を鍛えてもらっているのだ。

瑠璃と蒼天の交流はきちんと未来に影響《えいきょう》している。けれども、それはまだ小さなものでしかない。

（やっぱり……無理なのかしら……。ううん、弱気になっては駄目！）

采青国《さいせいこく》の滅亡の阻止は、未来を視る瑠璃にしかできないことだ。

そのためにも、まずは八尾の狐を捕まえるところからだと気合を入れ直した。

第五章

翌朝、蒼天《そうてん》は華陽《かよう》と共に玉洞城《ぎょくどうじょう》を離《はな》れる。

残った瑠璃《るり》は、蒼天の無事を祈《いの》りながらただ待つ……というわけにはいかなかった。

化《ば》け狐《ぎつね》の話が広まっていたため、皇帝《こうてい》に呼び出され、なにがあったのか説明をしなければならなかったし、部屋の中で倒《たお》れていたという瑛宝《えいほう》の見舞《みま》いにも行ってきた。

「お姉さまが無事でよかったけれど……」

どうやら誰《だれ》かに化けるというのは、八尾《はちび》の狐《きつね》にとって大変なことのようだ。おそらく八尾の狐は失った力を取り戻すために、瑛宝の精気を一気に吸い取ったのだろう。

瑛宝はぐったりとしていて、しばらく起き上がれそうになかった。

（八尾の狐の確保にまた失敗したら、今度は容赦《ようしゃ》なく追い出すわ）

瑠璃は八尾の狐と共に山へ向かった蒼天を心配しながら、青龍神獣廟《せいりゅうしんじゅうびょう》に向かう。

生け取りに失敗してもいいから無茶も怪我《けが》もしませんように……と青龍神獣へ祈った。

蒼天《そうてん》は華陽《かよう》を連れて冬の山登りをしていた。

いつ襲《おそ》われてもいいように常に警戒《けいかい》していたけれど、瑠璃《るり》の読み通り、外だと匂《にお》いがすぐ薄《うす》まってしまうせいか、華陽はなにもしてこない。

「皆《みな》さん、この草とこの草を取ってください。この実もほしいです。間違《まちが》えやすいので注意してくださいね」

山に登った武官たちは、華陽の指示通りに草や実を集めていく。

「薬草取りって訓練並みにきついなぁ」

「腰《こし》にも脚にもくるぜ。こんなときに冬眠《とうみん》し忘れた熊が出てきたら……」

「怖《こわ》いことを言うなよ」

中腰《ちゅうごし》の姿勢で、必要なものと雑草をひたすら見分けていく作業は、とにかく疲《つか》れる。激しく動くわけではないため、次第《しだい》に身体《からだ》が風や寒さに負けていくので、蒼天は焚《た》き火《び》前での休憩《きゅうけい》を細かく入れることにした。

「誰か一人、先に下山して、馬や馬車を預けられそうなところを探しておいてくれ」

首都のように大きな街ならば、馬小屋がある宿も多い。しかし、蒼天たちは薬草採取で山登りをしにきていたので、小さな街に泊《と》まるしかなかった。

今回は宿以外のところにも声をかけ、馬を繋《つな》がせてもらうことになるだろう。

「薬師殿《くすしどの》、目的のものは集まっていますか？」

「はい。今日の分はこれで充分《じゅうぶん》です」

「わかりました。そろそろ下山するぞ。ここでの採取は終わりだ」

蒼天は皆に声をかけ、点呼《てんこ》をする。

陽《ひ》はまだ高いところにあったけれど、早めの行動は大事だ。夕方までに街へ戻《もど》って、冷えきった身体を温めたかった。

「明日は別のところでまた採取か」

「風が強くないといいよな」

皆、焚き火で身体を温めながら、薬の材料となる草や実を自分の荷物に入れる。それから慎重《しんちょう》に下山して、麓《ふもと》の街に入り、先に宿や馬小屋を確保してくれた武官の案内に従って移動した。

「それでは、明日もよろしくお願いしますね」

華陽と蒼天は宿の一室で明日の打ち合わせをしたあと、それぞれの部屋に戻っていく。

蒼天は自分に割り当てられた部屋で、静かに息を吐《は》いた。

(風が止《や》んでからの襲撃《しゅうげき》になりそうだな。寝《ね》ずの番《ばん》も用意してあるから、夜の襲撃にも対応できる。……さぁ、こい)

八尾の狐の襲撃を迎《むか》え撃《う》つ準備はできている。

蒼天は今のうちに身体をしっかり休めようと思い、早くから寝台《しんだい》に入って眼《め》を閉じた。

——甘い匂いがする。ああ、これはたしか……。いや、なにか、違《ちが》う臭《にお》いも……。ああ、誰かに呼ばれている。……起きなければならない。


蒼天は夜中、ふと眼を開けた。

鼻を掠《かす》めるこの臭いはまったく甘くない。それどころか、喉《のど》を刺激《しげき》してくる。

「旦那《だんな》さま！　起きてください！　火事です！」

蒼天は扉《とびら》をどんどんと叩《たた》く音と、火事という単語で完全に眼を覚ました。

「火事⁉」

飛び起きた蒼天は、扉の鍵《かぎ》を外して開ける。

目の前には瑠璃の侍女《じじょ》見習いである珊月《さんげつ》がいて、彼女の手の中にある軟膏《なんこう》が異臭《いしゅう》を放っていた。

「やっと起きた～！　よかった～！　火事なのに、みんな起きなくて！」

「助かった……けれど、なぜここに⁉」

瑠璃の傍《そば》にいるはずの珊月が、突然《とつぜん》山の麓の宿に現れて助けてくれた。

蒼天はどうしてこんなことになったのかと問いかけながら外套《がいとう》を手にし、廊下《ろうか》に出る。

「瑠璃さまに、こっそりついていって見張れと言われていたんです！『私が狐なら建物ごと燃やすわよ。大事なものだけを持って出てきてくれるから、簡単で確実だもの』だそうです！　だからあたしはこの宿の中で軟膏の臭いを嗅《か》いで、寝ないようにしながら、ずっと火事に備えてました！」

「凄《すご》く助かった！　君は先に逃《に》げろ！」

「はいっ！　あ、これ斧《おの》です！」

珊月は、逃げ遅《おく》れたくないと言わんばかりに駆《か》けていく。

蒼天は瑠璃に感謝しつつ、「それならそれで、出発前に珊月のことを教えてくれたら……！」と思った。しかし、こうやって蒼天が寝ずの番を用意しておいても、八尾の狐は蒼天を上手《うま》く出《だ》し抜《ぬ》いたのだ。

瑠璃はそうなることをわかっていたから、蒼天にとっても八尾の狐にとっても想定外になる備えを用意してくれたのだろう。

（本当に恐《おそ》ろしい人だ……！）

瑠璃はこういうところで、詰《つ》めの甘さを発揮することはない。とても頼《たの》もしい人だ。

蒼天は瑠璃に感謝しながら部下の部屋の扉を片《かた》っ端《ぱし》から叩き、「起きろ!!」と叫《さけ》んで回った。

「火事だ！　避難《ひなん》しろ!!」

これだけの大声を出せば、武官ならばすぐに起きる。身体に叩きこまれている。それなのに、物音ひとつしなかった。

「誰も起きてこない……⁉」

蒼天はもう一度、皆の部屋の扉を順番に叩いていく。寝ずの番をさせたはずの武官の部屋もだ。しかし、どこからも返事はない。

「くそ！」

蒼天はすぐに声だけで起こすのを諦め、珊月の……おそらくは瑠璃からの最高の贈《おく》りものである斧をふるい、寝ずの番をさせていた武官の部屋の扉を破壊《はかい》する。

「起きろ！　早く逃げろ！」

蒼天は部下の肩《かた》に手をかけて揺《ゆ》さぶったけれど、ぼんやりと眼を開くだけで起きてくれなかった。頬《ほお》を軽く叩いても耳元で叫んでも、反応がない。

「くそ！　またか！」

こうなったらと担《かつ》いでしまおうと思ったけれど、煙《けむり》がじわりと部屋に入ってきた。なんだか部屋の中も熱くなってきた気がする。

「一人ずつで間に合うか⁉」

蒼天は奥歯《おくば》を噛《か》み締《し》める。

「瑠璃さま……！　貴女《あなた》だったらどうします⁉」

とっさに助けを求めた先は、青龍神獣でもなく、両親でもなく、皇帝でもなく、瑠璃だった。

(たしかあの人は、ぼんやりしていた警備兵の眼を覚ますことができていた！　どうやってやるんだ⁉)

あのとき瑠璃は、自分の方が強い生きものだからと教えてくれた。

瑠璃が言いたかったのは、『二つの命令がある場合、より強いものの命令が勝つ』ということではないだろうか。

「俺は皇族だ！　それに、化け狐を斬《き》ることもできた！」

蒼天はそう自分を激励《げきれい》し、再び部下に向き合う。

「俺の命令に従え！　起きろ！」

蒼天は、俺は化け狐よりも強いし皇族だから偉《えら》いんだと自分に何度も言い聞かせる。

皇族だけれど複雑な立場だとか、どうせ陰《かげ》でなにか言われているんだろうとか、今だけはそういう躊躇《ためら》いを捨てた。

「眼を覚ませ‼」

蒼天の号令がびりびりと部屋の中に響《ひび》く。

駄目《だめ》か……⁉　と焦《あせ》りで手が震《ふる》えたとき、部下の眼に光が灯《とも》った。

「……あれ？」

ほっとした蒼天はその場に座りこみたくなる。けれども、まだ他の武官もいると気合を入れ直した。

「火事だ！　まだ起きていないやつもいる！　皆の部屋の扉をこれで破ってこい！」

「えっ⁉　あ、はい‼」

煙臭《けむりくさ》さやぱちぱちという建物の焼ける音で、部下の眼は完全に覚める。すぐ蒼天の命令通りに廊下へ出ていった。

「このやり方でどうにかできそうだな」

蒼天は次々に部下を起こしていく。

目を覚ました者たちに、今すぐ宿から出ろと指示した。

「全員いるか⁉　点呼！」

「荷物はいい！　それより周りの家の人たちを起こせ！」

武官を全員外へ避難させたときには、もう二階部分は崩《くず》れ落《お》ちていて、宿屋周辺に人が集まってきていた。

「消化活動を手伝え！」

「延焼《えんしょう》したらまずい！」

武官たちは、火事の被害《ひがい》を少しでも減らそうとして走り回る。

蒼天はがらがらと音を立てて崩れていく建物を見ながら、ため息をついた。

八尾の狐に襲撃されることはわかっていたので、宿を貸切《かしきり》にしておいた。宿の人たちには、ここで寝起《ねお》きしないように頼んでいた。

その判断は、ありがたくないことに正しかったようだ。

「蒼天さま！　この火事は妙《みょう》です！　水をかけても火が消えません！」

「なんだって……？」

そのとき、大きな音を立てて宿がまた大きく崩れる。

火のついた木の破片《はへん》が、蒼天の足元に落ちてきた。

「……」

蒼天は汲《く》んできた水を、燃えている破片にかけてみる。

この程度の火ならすぐに消すことができるはずなのに、火は木を燃やし続けていた。

「燃やし尽《つ》くすまで消えない炎《ほのお》……？」

これは普通《ふつう》の炎ではない。自分たちを襲った火事は、普通の人間には起こせないものだ。

「薬師殿がいません！　もしかして、まだ宿の中に……！」

蒼天は燃え続ける炎を見ながら、部下の報告に答える。

「薬師の部屋には誰もいなかった。先に避難したか、それとも……」

燃え続ける炎は、ぐるぐると踊《おど》っているようにも見えた。

蒼天はそれをじっとにらみつける。


――ワォーン……


野犬の遠吠《とおぼ》えが聞こえてきた。

蒼天は、炎の中から聞こえた獣《けもの》の鳴き声に動揺《どうよう》することはない。代わりに、剣《けん》の柄《つか》に手をかける。

「炎の中に……狐!?」

「なんだあれは！」

青白い狐が、燃《も》え盛《さか》る炎の中で踊っていた。

(尻尾《しっぽ》の数は七本。八尾の狐だな)

蒼天に尻尾を斬り落とされた八尾の狐は、蒼天をにらんでいた。

くるならこいと蒼天は息を吸って構えたけれど、八尾の狐は怒《いか》りの声を上げたあと、夜空を駆けていく。

「化け狐だ！」

「道士さまを呼んでこい！」

狐がいなくなった途端、水で消せなかった炎はあっという間に鎮火した。

どうやら延焼を免《まぬが》れたようだ。蒼天はそのことに安心したあと、大きな声を出す。

「もう一度、人数を確認《かくにん》！　宿の人の安否を確かめてこい！　必ず見舞金《みまいきん》を渡《わた》すと約束しておいてくれ！」

深夜に発生した火事なのに、全員が無事だった。宿の人たちも怪我ひとつなかった。周りの家に延焼することもなかった。

――しかし、薬師の華陽の姿はどこにもない。

「旦那さま、ご無事でよかったです～！」

「ありがとう。本当に助かった」

先に避難して井戸水を何度も汲んでくれた珊月に、蒼天は礼を言う。

「誰か、瑠璃さまの侍女見習いの護衛についてくれ。残りは今から俺と玉洞城《ぎょくどうじょう》へ向けて出発する。ついてこられる者だけついてこい」

八尾の狐は、蒼天が自分の尾《お》をもってきていないことに気づいたようだ。

あの化け狐の行き先は玉洞城だろう。間違いなく次は瑠璃が狙《ねら》われる。

（急がないと……！）

ここからは、全速力での追いかけっこだ。

蒼天《そうてん》の留守中、瑠璃《るり》の宮には様々な客人が訪《おとず》れていた。

誰もが化け狐の話を聞きたがったので、瑠璃はお望み通りに話してやったけれど、嘘《うそ》だと笑う者もいれば、信じて不安になる者もいた。

「痛っ……。はぁ、結構鍛《きた》えたと思ったのに……」

瑠璃の身体は、一昨日《おととい》の訓練のせいで悲鳴を上げている最中だ。

その痛みに耐《た》えながら客人の相手をしていたら、侍女の祥抄《しょうしょう》が新たな訪問客の応対をしにいったあと、すぐに戻ってくる。

「瑠璃さま。蒼天さまの屋敷《やしき》の家令《かれい》からお手紙が届いています」

「家令から？」

瑠璃はすぐに手紙を開き……驚《おどろ》きのあまり眼を見開いてしまった。

「瑛宝《えいほう》お姉さまが訪ねてきた……？」

昨日、瑛宝の見舞いに行ったとき、瑛宝はぐったりしていて動けそうになかった。

今日になってようやく起き上がれたとしても、普通は外出を控《ひか》えるだろう。

それでも蒼天の屋敷に行かなければならなかったのなら、よほどのことがあったはずだ。

（もしかして、八尾の狐に操《あやつ》られている？　それとも八尾の狐を恐れるあまり、八尾の狐がいないところで誰かにその話をしたかったとか？）

たしかにこれは、家令だけではどう対応すべきかを判断できないだろう。

「今から急いで屋敷に行くわ。祥抄、あとを頼んだわよ。ここに私がいるように見せかけて。罠の可能性もあるから、気をつけてちょうだい。八尾の狐が襲ってきたら、食べちゃってもいいから」

「はい」

祥抄は瑠璃の指示に従い、瑠璃の姿に化ける。

瑠璃はこれでよしと頷《うなず》いたあと、芙雪《ふせつ》と蛍花《けいか》を呼んだ。

「ついてきなさい。ここにいると、なにがあるかわからないわ」

祥抄は瑠璃と違って、三姉妹《さんしまい》たちに最低限の配慮《はいりょ》しかしないだろう。ここで狐と猫の化かし合いが始まれば、大変な目に遭《あ》うはずだ。連れていった方がいい。

瑠璃は狐の尾が袖《そで》の中にあることを確かめたあと、宮《きゅう》を出発した。

ちょっとした外出だという顔で優雅《ゆうが》に玉洞城《ぎょくどうじょう》を出たあとは、馬車を急がせる。

「奥さま、お帰りなさいませ。お呼びだてして申し訳ございません」

家令は馬車から降りた瑠璃を、丁寧《ていねい》に迎えてくれた。

瑠璃は屋敷の中に向かいながら、家令になにがあったのかを尋ねる。

「瑛宝お姉さまはどうしてここに？」

「それが……奥さまが遊びにきてほしいと言ったので訪ねてみた……とのことでした。もしかして、お招きする約束をしていたのでしょうか？」

　家令の説明に、瑠璃は声を少しだけ低くする。

「一緒に遊びに行きましょうとたしかに言ったことはあるけれど、日時を具体的に決めたことは一度もないわ。本人も行く気がなさそうだったし」

　行動力のある人は、社交辞令の「遊びに行きましょう」を本気にして、実現させてしまう。けれども瑛宝は、そこまでの積極性を嫌《いや》がらせ目的以外のときに発揮することはなかったはずだ。

（でも、用があれば出かける人ではあるのよね。一体どんな用なのかしら。寝台で横になっているのに飽《あ》きて、とにかく誰かに文句を言いたくなっただけなら、気がすむまで言わせればいいけれど）

　皇女《こうじょ》としての張り合いか、女としての張り合いか、それとも悩《なや》みごとがあるのか。

　瑠璃は色々な可能性を思《おも》い浮《う》かべながら応接室に入る。

「瑛宝お姉さま、遅《おそ》くなってすみません。お身体の調子はどうですか？」

「……瑠璃」

　瑛宝はげっそりしていた。どうやら調子は戻っていないようだ。

「私は……」

この様子だと、かなり深刻な話になるだろう。瑠璃は瑛宝の隣《となり》に腰を下ろす。

(でも、瑛宝お姉さまが私を頼《たよ》るかしら……?)

瑛宝が瑠璃のことを山奥《やまおく》にある大きな木のうろと思っているのであれば、いくらでも他の人には言えない愚痴《ぐち》を言ってもいい。ただし、瑠璃は善人ではないので、瑛宝の愚痴の内容を忘れる気はまったくなかった。

「……あら、私、なにを……」

なにかを言おうとしていた瑛宝は、頭を抱《かか》える。

瑠璃は瑛宝の肩に手を置き、顔を覗《のぞ》きこんだ。

「お姉さま、少し横になりませんか? 倒れたばかりですよ」

瑛宝は八尾の狐に精気を吸われた直後で、華陽《かよう》の匂い袋《ぶくろ》も身につけたままである。

瑠璃は瑛宝の匂い袋の中にある皓玉《こうぎょく》を、こっそり壊《こわ》すことにした。どうにかして匂い袋を見せてもらい、そこに力を流しこんで……と探《さぐ》るように視線を動かしていたら、瑛宝がううと唸《うな》る。

「駄目……まただわ。私はなぜこんなところにいるの……? わからない。でも、頭がぼんやりしてしまって……」

「お姉さまは疲れているんです。客室を用意させますから、そこでお休みになってください。温かいお茶と美味《おい》しい果物を用意させますね」

瑠璃は人を呼ぶことにした。瑠璃だけでは、瑛宝を支えきれないだろう。

「誰か、客室の用意をして。そこにお姉さまをお連れして」

瑠璃は続き部屋にいる芙雪たちに声をかけるけれども、返事はなかった。

「誰もいないの？」

今度は廊下に向かって声をかける。

廊下には使用人の誰かが必ず控えているはずなのに、こちらも反応がない。

（……どういうこと？）

瑠璃は警戒しながら立ち上がり、続き部屋の扉を開けにいく。しかし、扉は開かない。

「芙雪！　蛍花！」

中にいるはずの二人の名前を大きな声で呼んでみたけれど、物音ひとつ聞こえなかった。

瑠璃は慌《あわ》てて廊下側の扉を開けに行ってみたけれど、こちらもびくともしない。

「誰かきて！　この扉を今すぐ開けなさい！」

瑠璃は皇女らしくない大声を出して助けを呼んだけれど、どこからも人の気配は感じられなかった。その代わりに、甘い匂いが扉の隙間《すきま》から漂《ただよ》ってくる。

「……屋敷の人間の全てが正気を失ったということ⁉」

八尾の狐は、瑠璃を守ろうとする人を甘い匂いで眠《ねむ》らせたのだろう。

瑠璃はこの屋敷から急いで離れることにした。このままだと、この屋敷に火をつけられてしまう。自分が八尾の狐ならそうする。

「窓……！」

瑠璃が窓を開けてそこから外に出ようとしたとき、座っていたはずの瑛宝がふらりと立ち上がり、瑠璃に近づいてきた。

「お姉さま、座っていてください。私は外の様子を見てきます」

瑠璃はしがみついてきた瑛宝を再び長椅子《ながいす》に座らせようとしたけれど、瑛宝は瑠璃の腕《うで》を摑《つか》んでくる。逃《に》がさないと言わんばかりに力を入れてくるので、強い痛みを感じた。

「不安になる必要はありませんよ。力をゆるめてください。……お姉さま？」

瑛宝の瞳《ひとみ》がぼんやりしている。前に見た警備兵と同じで、意思が感じられない眼になっていた。

「……瑛宝お姉さま？」

瑠璃はまさかと思いながら、瑛宝の手から逃れようと強く腕を振《ふ》る。

しかし、瑛宝の手は瑠璃の腕から離れない。次に瑠璃は両手を使って瑛宝を引《ひ》き剝《は》がそうとしたけれど、びくともしなかった。自分と同じぐらい細い腕に、ここまでの力があるのはおかしい。

「お姉さま！」

命令口調で咎《とが》めれば、瑛宝の身体がびくんと大きく跳《は》ねる。

瑛宝の眼は再び意思という光を宿そうとしたけれど、それだけだ。瑛宝はそこでついに力尽《ちからつ》きてしまったのか、ずるずると崩れ落ちてしまった。

「大丈夫《だいじょうぶ》ですか⁉　しっかり！」

瑠璃が声をかけている間に、急に部屋が暗くなる。

なにが起きたのかと周りを見たら、窓が塞《ふさ》がれていた。金属を叩く音が耳に響いてくる。外に出られる最後の場所が、木の板と釘《くぎ》で封鎖されようとしているのだ。

「やめなさい！」

瑠璃は大きな声を出したけれど、金槌《かなづち》の音に負けてしまう。

力尽くで止めに行こうとしたけれど、倒れたはずの瑛宝が瑠璃にしがみついてきて、動けなくなった。瑠璃は必死に手足へ力をこめたけれど、どうやっても瑛宝を振《ふ》り解《ほど》けない。

（祥抄を連れてくるべきだった……！）

八尾の狐の罠《わな》を警戒して祥抄に城へ残ってもらったけれど、それが悪い方向に作用したようだ。

「なんてこと……！」

人に化けた八尾の狐は、ついに応接室の窓を塞《ふさ》いでしまった。

瑠璃は万が一のときに備えて、芙雪と蛍花に鉈《なた》をこっそりもたせておいたけれど、その二人は瑠璃に応えてくれない。きっと八尾の狐の匂いに惑《まど》わされてしまったのだ。

「もっと鍛えるべきだったわね！」

瑠璃が自力で瑛宝を引き剝がし、この長椅子を持ち上げて窓に叩きつけることができたら、木の板と窓を壊せたかもしれない。

蒼天ともっと早くに出会っていたら……と悔やむ。

「逃げることはできるけれど……」

最後の手段を使うには、あまりにも場所が悪すぎた。瑠璃が力技《ちからわざ》で脱出《だっしゅつ》したら、建物が崩れるだろう。そうなれば、怪我人どころの話ではなくなる。

（……待って、この臭い）

華陽の甘い匂いにじわりと混じってきたのは、なにかが燃えている臭いだ。

「やはり火をつけたわね」

まだここまで熱は伝わってこないけれど、隙間から焦《こ》げた臭いがじわりと広がってきた。

どうしたらいいのかと周りを見たとき、獣の声がかすかに聞こえてくる。

——ワォーン……

これは前に聞いたことがあった。八尾の狐の鳴き声だ。

「憎《にく》たらしい声だこと」

火をつけられる可能性は、ずっと考えていた。

瑠璃はそうならないように、自分の宮に水を入れた桶《おけ》を大量に置いていたし、少々すっきりしすぎている香を定期的に焚いて、甘い匂いに対抗《たいこう》していたし、自分がいないときは必ず祥抄を置いておいたのだ。

この屋敷にきたときも、なにかあっても自分がいたら問題ないと思っていた。けれどもこうして、すぐ逃げ出せない状況《じょうきょう》をつくられてしまっている。

「あの狐はなにも考えていないだろうけれど、最悪のことをしてくれたわね」

幸いにも、火事は目立つ。建物から昇《のぼ》る煙に気づいた人たちが集まってくるから、すぐに消火活動が始まるだろう。

ここにいる瑠璃の声に気づいてもらうことができたら、窓を壊してもらえる。瑛宝を引き剝がしてくれる。屋敷内の人たちの避難を手伝ってもらうこともできるはずだ。

「っ！」

瑠璃は集まってきた人たちに気づいてもらえるまで叫び続けようと思ったけれど、喉に煙が絡《から》んで咳《せ》きこんでしまった。

煙が一気に部屋の中へ侵入《しんにゅう》してきたのだ。

もう残された時間はわずかだろう。このまま待つことはできない。人ではない本当の姿になって、屋敷の建物を破壊するしかない。

「待って、この煙……」

これは普通の煙ではなさそうだ。なにかの力が混ざっている。

——まさか、狐火《きつねび》での火事!?

人外によってつくり出された炎は、普通の水では消えない。

あの狐は人に消せない炎を使って、この屋敷を焼《や》き尽《つ》くすつもりだ。

「狐の炎だから、狐の尻尾は燃えない……。予想通りだけれど、本当になんてことをしてくれたの。お前を捕《つか》まえたら、火あぶりにしてやるから」

こうなってしまったら、瑠璃のすべきことは変わる。

「屋敷を破壊するしかない……!」

瑠璃は皇女だ。この屋敷の誰よりも尊い血が流れている。瑠璃一人が偶然《ぐうぜん》助かっても、誰もなにも言わないだろう。

けれども瑠璃は、わかっていても怒《おこ》った。

「私はそういうのが嫌なのよ! あっさり誰かを切り捨てる人になりたくないの!」

父と違って、最後まで皆の面倒《めんどう》を見る。そう決めたのだ。

「誰か! 助けて! ここに二人いるわ!」

煙がここまできたということは、もう外にも漏《も》れているはずだ。

消火活動のために誰かが庭へきている可能性に、賭けることにした。

「ここよ！　助けて！」

瑠璃は必死に叫ぶ。声が潰《つぶ》れそうなぐらい大声を出す。

瑛宝を引き剝がせないので、何度も強く床《ゆか》を叩いた。そのせいで拳《こぶし》が痛い。それでも続けた。

「お願い！　誰か！　私はここにいるわ！」

瑠璃はかつてを思い出す。

どれだけ叫んでも、瑠璃を軟禁《なんきん》用の宮から出してくれる人はいなかった。

皇帝の異様な執着心《しゅうちゃくしん》に、おかしいと言ってくれる人はいなかった。

あのとき、瑠璃は絶望したのだ。

一生ここで過ごすのだと、籠《かご》に入れられた鳥でしかないのだと、無力であることや自分の未来がないことに心が折れた。

——それでも、立ち上がった。

未来視という力が自分にあることを知って、自分のすべきことを理解したからだ。

二人の兄のどちらにつくのかを決めることで、この国の未来をよりよくする。そう信じて、様々なことを学んだ。

（私がなにかを学んでも、なにかを決断しても、未来は変わらないかもしれない。でも、変えられると私は信じたい！)

絶望は自分だけに与《あた》えられるものではなく、この国にも与えられてしまうものだと、瑠璃は未来視によって知っている。

この国が滅亡《めつぼう》する未来を自分だけがどうにかできるかもしれないと思うことで、歯を食いしばってきたのだ。

それなのに、現実は残酷《ざんこく》だった。瑠璃に究極の選択《せんたく》を突《つ》きつけてくる。

「未来視では、私はここで死んでいない……。私は結局、偉大なる大きな姿になって、この屋敷の屋根や壁を壊して、一人だけ生き残ろうとするのね……」

瑠璃はちっぽけな人間だ。ここで姉を抱《だ》きしめながら死ぬことを、躊躇ってしまったのだろう。

(私の中には偉大《いだい》なる力があるのに、私にそれを活《い》かせる能力がない……！)

偉大なる青龍の力は、なにかを期待されたから瑠璃に託《たく》されたものではなかった。偶然やそのときの都合というもので瑠璃に預けられただけであって、活用するための力ではなかったのだ。

「……お願い」

瑠璃がいつだって強くあろうとするのは、心が弱いからだ。それを知っているからだ。だから強くなりたかった。

今からでも強くなれると、間に合うと、誰かに言ってほしい。

「――瑠璃さま！　そこにいますか⁉」


窓の外から聞こえてきた蒼天の声に、瑠璃は息を呑《の》む。

最後の力を振《ふ》り絞《しぼ》り、大声を出した。

「ここにいるわ！　その板を外すことはできる⁉」

瑠璃が頼めば、それはもう頼もしい言葉が返ってくる。

「できますよ。俺は武官なので」

蒼天がなぜここにいるのかとか、華陽や八尾の狐はどうしたのかとか、色々聞かなければならないことはあった。

しかし今は、全員で助かることが最優先だ。

「瑠璃さまは窓から離れていてください。釘を抜くより破壊した方が早いです。破片が遠くまで飛びますので、気をつけて」

「……わかったわ！」

瑠璃は瑛宝のせいで動けなかった。だから、せめてと瑛宝を抱きしめ、庇《かば》ってやる。

「いきますよ！」

蒼天の声と同時に、耳が痛むほどの破壊音が聞こえた。

たったの一撃《いちげき》で、窓に穴が開く。暗かった部屋の中がぱっと明るくなった。

「もう少しお待ちを！」

二撃目《にげきめ》、三撃目《さんげきめ》、と穴がどんどん広がっていく。

最後には蒼天の攻撃《こうげき》に窓が耐えきれず、窓枠《まどわく》ごと部屋の中に落ちてきた。

「瑠璃さま！」

蒼天が部屋の中に入ってくる。

瑠璃は瑛宝を腕に抱えながら、泣きそうな気持ちで答えた。

「……きてくれてありがとう」

もう駄目かと思ったとき、蒼天はきてくれた。瑠璃に声をかけてくれた。

――私はずっと、この小さな檻《おり》を破壊してくれる人を探していた気がする。

蒼天がいれば未来は必ず変わる。そう信じたいし、そうだと信じられる。

「話はあとよ。私と瑛宝お姉さまを外へ！」

「わかりました！」

蒼天はまず、瑠璃から瑛宝を無理やり引き剝がしてくれた。それから瑠璃を外に出し、次に瑛宝を抱えて出てくる。

庭に出ることができた瑠璃は、燃えている屋敷を見て眼を細めた。

やはりこの炎は、普通のものではない。

「瑠璃さま、この炎は水で消せません。今から使用人の避難を手伝ってきます」

蒼天は、この青い炎の特徴《とくちょう》を知っているようだ。

瑠璃は部屋の中に戻ろうとした蒼天を、慌てて引き留めた。

「待ちなさい。今からだと全員の避難は間に合わないわ。炎を消す方が早いはずよ」

「……消す方法はあるんですか？」

「ええ。誰もこないように見張っていてちょうだい」

瑠璃は深呼吸をする。

やったことはないけれど、できるということは知っている。

歩いたりものを投げたりすることと同じだ。生まれたときからこの身に備わっている力を使うだけでいい。

「……それから、貴方《あなた》も私を見ないで」

瑠璃の掠れた声でのお願いに、蒼天はいつも通りの穏《おだ》やかな表情で答えてくれた。

「わかりました」

きっと蒼天も、瑠璃に聞きたいことが沢山《たくさん》あるだろう。

それでも蒼天は、自分の好奇心《こうきしん》を満たすことよりも、今ここで炎に包まれている屋敷の使用人の救助を優先してくれた。

(同じ方向を見ているのね、私たちは)

この蒼天の下ならば、瑠璃はきっと悠々《ゆうゆう》と泳ぐ龍《りゅう》になれるはずだ。

泣きそうな気持ちになりながら、胸に手を当てる。

——大丈夫。願うだけでいい。きっと、その願いは天に届く。

瑠璃はこの地を守る青き龍の化身《けしん》だ。

青龍《せいりゅう》はかつて、人間に恋《こい》をした。その人間と添《そ》い遂《と》げることはできなかったけれど、彼女の守りたかったものを守るため、彼女の血を引く者にこの力を託した。

今、その力は瑠璃に与えられている。

——ここに恵《めぐ》みの雨を。狐火を消せる偉大なる雨を降らせてほしい。

瑠璃の身体の中にある力を、この地に生きる人たちのために開放したい。自分はどうなってもいい。

——お願い、恵みの雨よ、どうか。

瑠璃の瞳の中にある瞳孔《どうこう》が、すっと細くなる。柘榴色《ざくろいろ》の瞳が金色の瞳に変わっていく。

直後、瑠璃を中心に風が吹き始めた。

晴れていたはずの空が曇《くも》り、雲が厚くなり、ここだけ暗くなっていく。

「空が……！」

「雨が降るぞ！」

「さっきまで晴れていたのに⁉」

屋敷の周りに集まっていた人たちは、空を指さす。

蒼天もまた、雨が降る前兆に驚いていた。空気の重さや湿《しめ》った匂いを感じる。これは間違いなく雨が降る。

そして、他にも驚くことがあった。

自分の背後から、大きな力をもつものの気配が漂ってきているのだ。

武人《ぶじん》だからこそ、絶対に自分では敵《かな》わない相手だとわかってしまう。

（瑠璃さまは何者なんだ……⁉）

これは敵意とか善意とか、そういう人の基準に当てはめられる気配ではない。もっと純粋《じゅんすい》なものだ。人はただ圧倒《あっとう》されることしかできない力である。

蒼天の首筋に、冷たい汗《あせ》が流れた。

……いや、汗ではない。

ぽつり、となにかが空から落ちてきたのだ。

「雨……！」

突然降り始めた雨に、蒼天は眼を見開いた。

屋敷の火を消そうとして集まってきた人たちもどよめいている。

その中で、瑠璃だけは必死に祈り続けていた。

もっと降れ、もっと降ってくれと、己《おのれ》の中にある力へ命じる。

(この炎を消すぐらいの雨を……！　どうか間に合って……！)

雨はどんどん強くなる。

どうやっても消せなかった青い炎が揺らぎ、勢いが弱まっていく。

瑠璃は握《にぎ》り合わせた両手に力を込《こ》めた。すると、なにかが手《て》の甲《こう》に食いこんだ。獣のように伸《の》びすぎた爪《つめ》が当たっているのだ。

けれども、その爪は瑠璃の皮膚《ひふ》を傷つけることはない。なぜなら、今の瑠璃の皮膚は鱗状《うろこじょう》になり、とても硬《かた》くなっているからだ。

(龍になってもいい！　龍から戻れなくなってもいい！　この炎を消して……！)

瑠璃の願いは雨となり、青い炎に降り注ぐ。

青い炎は抵抗《ていこう》するように揺らめいたけれど、すぐに雨の勢いに負け、ついに消えた。

誰かが「今だ！　中に入って助けよう！」と言い出し、窓から部屋の中に入っていく。

その間も雨は降り注いでいて、助けられた人たちを濡《ぬ》らしていった。

この雨には、人を癒《い》やす力もあるのだろう。火傷《やけど》を負った皮膚や煙を吸ってしまった喉を、音もなく治していく。

「……あれ？」

地面に寝かされていた瑛宝は、雨を全身に浴びたことで眼を覚ます。

瑛宝の瞳には、意思という光が再び宿っていた。

「大丈夫ですか？　瑛宝さま、あちらへどうぞ。もうじき医者もくるはずです」

蒼天は瑠璃に頼まれた通り、瑠璃に瑛宝を近づけないよう部下のところまで案内する。

門のところには救助された人たちが集まっていて、助けられた人が増えていくことにほっとしていた。

「蒼天さま！」

消火活動と救助活動をしにきてくれた武官たちに、蒼天は瑛宝を託す。

「瑠璃さまはご無事だ。救助された人たちの様子は？」

「今のところは軽傷の人だけです。早めに救助された人たちばかりなので……」

救助活動は続いている。まだ安心することはできない。

「煙を吸っていたせいか、救助したときに意識がある者はいませんでした。それでも外に出たあとは、全員が意識を取《と》り戻《もど》しています」

蒼天は空を見る。

意識を取り戻したのも、軽症《けいしょう》ですんだのも、あの雨のおかげだろう。

あの甘ったるい臭いが満ちていた屋敷の敷地《しきち》内の空気は、雨によって綺麗《きれい》に洗い流され、清々《すがすが》しい空気に入《い》れ替《か》わっていた。

――屋敷の炎が消えた。狐の臭いも消えた。

瑠璃はもう大丈夫だろうと力を抜く。

全身がびしょ濡れになっているけれど、手で拭《ぬぐ》うことはできなかった。

肌《はだ》を触《さわ》ればいつもと違う感触《かんしょく》が――……硬くてざらざらしていることがわかってしまうので、人ではない姿になったことを嫌でも実感させられてしまうだろう。

（……私は人の姿に戻れるの？）

恵みの雨を降らせるのは、青龍にとって大したことではなかったようだ。完全に青龍の姿にならなかったのは幸いだった。

「瑠璃さま」

ぱしゃんという水音が聞こえてきた。

小降りになってきた雨の中、蒼天の声が静かに響いてくる。

「こないで！」

瑠璃がとっさに拒絶《きょぜつ》したら、蒼天はそれ以上近づいてこなかった。

それでも瑠璃はしゃがみこみ、自分の身を隠《かく》そうとする。

「目を閉じていても、瑠璃さまの気配はわかります。今から近くまで行くので、俺の上着だけは受け取ってください。そのままだと身体が冷えてしまいます」

　蒼天は、瑠璃にゆっくり近づいてきた。

　瑠璃が驚いている間に、蒼天は瑠璃の一歩手前で立ち止まる。

　本当は見えているのではないかと瑠璃は思いたくなったけれど、この辺りかなと恐《おそ》る恐る差し出してくる蒼天の手に安心した。

「……ありがとう」

　瑠璃は上着を受け取り、頭から被《かぶ》る。今はなにもかもを隠しておきたかった。

　この鋭《するど》く伸びた爪も、鱗のように硬くなっている皮膚も、獣のようになっている眼も、全てを見られたくない。

「もう少し待って……。待てばどうにかなるのかは、わからないけれど」

「いつまでも待ちますよ」

「……ううん。待たなくていいわ。屋敷の人たちが心配でしょう？」

　雨で火事は鎮火《ちんか》したけれど、全員が無事だったかどうかはわからないはずだ。蒼天はこんなところで足踏《あしぶ》みするよりも、皆のところへ駆けつけたいだろう。

「集まってくれた武官たちに、屋敷の使用人のことは任せてあります。俺は瑠璃さまの傍にいて、瑠璃さまをお守りしますよ」

蒼天の返事に、瑠璃は息を吐いた。

誰かが傍にいて、なにかあったら助けてくれるということに、少し安心したのかもしれない。

「前に貴方は、私の顔が可愛《かわい》いと言っていたわよね」

瑠璃は、蒼天の上着をぎゅっと握る。

「私の顔が可愛くなくても、同じことが言える？」

今の自分を見られたくない。でも、そんな自分も受け入れてほしい。

相反する二つの気持ちが、ぽろりと瑠璃のくちから溢《あふ》れる。

「言えますよ。可愛いだけじゃ駄目ですからね」

その言葉が、蒼天の本当の気持ちかどうかはわからない。

それでも瑠璃は、救われたような心地《ここち》になった。

「私の肌が絹のように滑《なめ》らかではなくて、鱗のように硬くなっていても？」

「構いませんよ。寧《むし》ろ安心します。あまりにも細いので、触るだけで折れるのではないかと心配しているんですから」

最初の頃、蒼天は瑠璃へ慎重に触《ふ》れていた。

赤ちゃんを抱いてみる？　と初めて言われた人みたいな手つきと表情に、瑠璃は笑いそうになっていたのだ。

「爪が伸びて尖《とが》っていても？」

「伸びて困っているのなら、俺が削《けず》りましょう。馬の蹄《ひづめ》を切るのも武官の仕事です」

馬と同じだと言われて、瑠璃はついに笑ってしまう。

（……そうね。そんなに心配しなくてもいいみたい）

瑠璃は勇気を出し、固く閉じていた瞳を開く。

手のひらを見てみたら、元に戻っていた。ひっくり返して手の甲を見てみても、鱗は生えていない。

頬を触ったら、いつもの感触だった。おそらくこれならば、眼の色も戻っただろう。

「――私」

瑠璃はゆっくり立ち上がり、眼を閉じたままの蒼天の頬を触る。

「貴方とやっぱり結婚《けっこん》したいわ。……眼を開けてもいいわよ」

瑠璃の許可を得られた蒼天は、ゆっくり眼を開けた。

目の前には、雨に打たれてびしょ濡れになっている瑠璃がいる。

彼女の愛らしさは、濡れてもなにも変わらなかった。なぜ見るなと言ったのかがわからなくて、女心は難しいとしみじみ思ってしまう。

「俺は……瑠璃さまが可愛いだけだったら結婚したと思います」

蒼天の正直すぎる返事に、瑠璃は肩をすくめる。

「そういうところがあるから、結婚したくなるの」

「……俺は喜んでいいんですかね？」

「素直《すなお》に喜ばないことに、意味はあるの？」

瑠璃の言葉に、蒼天はたしかにと苦笑《くしょう》するしかない。

「そうね。でも、屋敷の者たちの様子が気になるわ。私の代わりに見てきて」

「瑠璃さまはとりあえず宮に戻って着替《きが》えてください。このままでは風邪《かぜ》をひきます」

ようやく寒いと気づいた瑠璃は、身体を震わせた。

蒼天は、少しでも温《ぬく》もりを分けたくて瑠璃を腕の中に囲う。

「瑛宝お姉さまは？」

「意識が戻りました。ご安心ください」

「よかった。きっとあの人は、巻きこまれていただけだったから」

瑛宝には、屋敷へ遊びにきたら具合が悪くなって倒れてしまい、そのときに運悪く火事になってしまったという話をしておこう。

「瑠璃さま。やはり八尾の狐は、臭いを使って人を惑わせているようです。俺も宿に火をつけられたのですが、珊月《さんげつ》がもっていた軟膏のおかげで、眼を覚ますことができました。この屋敷の者たちも救助直後はぼんやりしていたんですが、雨に打たれたら目を覚ましたんです。きっとあの甘い臭いが洗い流されたからだと思います」

「それは嬉しい話ね」

八尾の狐に惑わされても、別の臭いで上書きしたり、水をかけてやったりすれば、眼が覚める。

対処法さえわかれば、八尾の狐を捕まえることは簡単だ。

「瑠璃さま、なにか悪いことを企《たくら》んでいますよね？」

「あら？　私の笑顔《えがお》はいつも通りとても愛らしいはずだけれど」

「可愛らしいと悪どいことを考えているは、両立できるんですよねぇ……」

蒼天は、瑠璃は次になにをする気なのかと心配する。

「私は狐狩《きつねが》りをするだけよ。貴方にも協力してもらうわ」

瑠璃は青空よりも晴れやかな笑顔で、蒼天を不安にさせる言葉をくちにした。

「……勿論《もちろん》、協力しますよ。玉洞城を荒《あ》らす化け狐を狩るのは、皇族の務めですからね」

蒼天は瑠璃にそう返事をしながら、皇族としての務めは化け狐をただ狩るだけではないと思っていた。

――瑠璃さまは、狐の炎から民《たみ》を守ってくれた。おそらく、そのことに命もかけてくれた。皇族の中で、一番皇帝に相応《ふさわ》しい信念を持っている人だ。

その瑠璃が、自分と結婚したいと言う。きっと、それは正しい判断なのだろう。

（俺も皇族の一員なら、国のために命をかけないといけない……）

蒼天はこれから皇族としてすべきことを、訓明学《くんめいがく》を学んでもよくわかっていない。
そんな自分と瑠璃のどちらの判断を信じるべきかは、もうわかっていた。

第六章

玉洞城《ぎょくどうじょう》に激震《げきしん》が走った。

——化け狐《ばぎつね》が、皇帝陛下《こうていへいか》の薬師《くすし》『華陽《かよう》』に化けていました。

華陽と共に薬草採りに行っていた蒼天《そうてん》たちが、帰ってくるなりそう証言したのだ。

「薬師の姿に化けていた狐は宿を燃やしたあと、元の姿になって消えてしまいました。我々は早くどこかにいる本当の薬師を捜《さが》さなければなりません……！」

蒼天はあくまでも、『華陽も化け狐の被害者《ひがいしゃ》』という形で報告する。

皇帝はそれでも、最初は半信半疑だった。

ただ、華陽がいないのは事実だったので、皇帝は華陽の部屋を調べに行かせる。

すると、華陽の部屋は荒《あ》らされていて、血痕《けっこん》だけがわずかにあった。よく見たらその他にも、狐の毛や足跡《あしあと》が残されていた。

おそらく華陽は化け狐に襲《おそ》われてどこかに連れ去られたか、もしくはここで食われてしまったのだろうという報告が、皇帝の元に届く。

実は、華陽の部屋を荒らしたのは瑠璃《るり》たちだ。

——人はね、真実よりも信じたくなるものがあるのよ。

皇帝は元々、『狐が人間に化けて城に入りこんでいる』と言っていた。

そして実際に、瑛宝《えいほう》に化けていた狐がいた。

だからこそ皇帝も皆《みな》も、『狐が薬師を手にかけ、薬師に化けてこの国を荒らそうとしていた』という話を受け入れることができたのだ。

皇帝の命令によって、華陽の作った薬は全て廃棄《はいき》することになった。どこまでが人間の華陽で、どこからが化けた狐だったのか、わかる者はいないのだ。

そして蒼天の屋敷《やしき》の火事もまた、化け狐の火遊びのせいだということになる。

「運よく全員無事だったなんて信じられない！」

「近所の人たちが集まって屋敷に水をかけていたけれど、最初はまったく消えなくてねぇ」

「もう駄目《だめ》だと思ったら、雨がいきなり降ってきてさ。あれだけ晴れていたのに！」

「凄《すご》い土砂《どしゃ》降《ぶ》りになったんだ。それで一気に鎮火《ちんか》した。そうしたら、また空が晴れて虹《にじ》がかかったんだ！」

蒼天の屋敷の火事を見ていた人たちは、「奇跡《きせき》だ」と口々に言う。

あの家の主人は皇族なので、きっと青龍神獣《せいりゅうしんじゅう》さまがお守りくださったのだろうという話が広まっていった。

「八尾《はちび》の狐は焦《あせ》っているでしょうね」

瑠璃は自分の宮《きゅう》で優雅《ゆうが》に茶を飲みながら、これからのことを蒼天に語る。

「私たちをそれぞれ玉洞城から出して、狐火《きつねび》で家ごと燃やし、燃え残った自分の尾《お》を回収するつもりだった。けれども、それは失敗してしまった」

斬り落とした八尾の狐の尾《お》は、瑠璃がもったままだ。

八尾の狐はきっと今、どうすべきかを考えているだろう。

「さすがにもう諦《あきら》めているかもしれない。それならそれでいいの。でも、そうではなかったときのために、わざと隙《すき》をつくる。今度こそ決着をつけるわ」

仙狐《せんこ》になるためには、多くの精気が必要だ。気が遠くなるほどの時間をかけて太陽と月の光を浴びて少しずつ蓄《たくわ》えていくか、危険を承知で人から集めるかの、どちらかになる。

八尾の狐は、時間をかけて手に入れた自分の尾を奪《うば》われたままにはしないだろう。ここで諦めることができる慎重《しんちょう》な性格ならば、玉洞城内に入りこんであれだけ派手なことをするはずがない。

「ありがたいことに、もうみんな化け狐がいることを知っている。今なら多くの協力を得られるわ」

八尾の狐が違《ちが》う姿になって現れるのか、それとも狐の姿で現れるのかはわからない。

それでも、八尾の狐の手札がほぼ明らかになったおかげで、迎《むか》え撃《う》つ準備は完璧《かんぺき》にできていた。

風のない夜、玉洞城《ぎょくどうじょう》に〝八尾の狐〟はやってきた。

――ずっと消えていた自分の尾の気配がする。

八尾の狐は、なぜ今になって尾の行方が感じられるようになったのかはわからなかった。

これは罠《わな》かもしれないと思った。

それでも必ず取り返さなくてはならないものなので、あちこちに甘い香の匂《にお》いと自分の匂いを漂《ただよ》わせていく。

――尾は皇帝の部屋の方にあるな。そうか、皇帝に献上《けんじょう》したのか。

八尾の狐は怒《いか》りに震《ふる》えながら、侵入《しんにゅう》方法を考えた。

瑠璃《るり》という皇女《こうじょ》のせいで、華陽《かよう》の姿はもう使えない。瑛宝《えいほう》も警戒《けいかい》されるだろう。別の女の姿を使う必要がある。

――あの女にしておくか。

八尾の狐は、瑛宝の侍女《じじょ》に化けた。

この辺りの警備兵や見回り兵の意識をゆるやかに奪いながら、目的地に向かう。

「止まれ」

さすがに皇帝の私室の近くは、警備がとても厳しい。

瑛宝の侍女に化けた八尾の狐は、まだ騒《さわ》ぎを起こしたくなかったので、どうにかして穏《おん》便《びん》に突《とっ》破《ぱ》しようとした。

「瑛宝さまから皇帝陛下への伝言を預かっております」

まずは瑛宝の力を借りることで中に入れないかを試《ため》してみる。

しかし、時間が時間だったので断られてしまった。

「陛下はお休み中です。明日にしてください」

「とても大事な話なのです。どうか陛下に取り次いでください」

八尾の狐は警備兵へ必死に頼《たの》みこんだけれど、あっさり断られてしまう。

「夜は誰《だれ》も入れるなと言われております。明日にしてください」

八尾の狐は瑛宝に「使えない女だな」と思いつつ、袖《そで》を振《ふ》る。

「さっさと我の言うことに従え」

警備兵に甘い匂いと己《おのれ》の臭いを嗅《か》がせたら、警備兵の眼《め》から光が失われた。これでもうこちらの言いなりだ。

八尾の狐は、自ら皇帝の私室に繋《つな》がる扉《とびら》を開けようとする。けれども、なぜか開かなかった。中から鍵《かぎ》がかけられているのだろう。

——中にいるやつには、この匂いを嗅がせられない。面《めん》倒《どう》だな。

この餌場《えさば》は長く利用したかったので、できるだけ静かに尾を取《と》り戻《もど》したい。しかしこうなったら、強行手段しかないだろう。

「あそこだな」

八尾の狐は警備兵と見回り兵を完全に黙《だま》らせたあと、皇帝の寝室《しんしつ》の窓の前に立った。

皇帝の寝室には何度も出入りしている。この窓を破ればいいこともわかっている。

よしと頷いたあと、姿を狐に戻して、勢いよく窓に向かって飛びこんだ。

窓は大きな音を立てて壊《こわ》れ、硝子《ガラス》の破片《はへん》が飛び散る。

「陛下‼」

皇帝の枕元《まくらもと》にいた皇女が、驚《おどろ》きの声を上げた。

──尾の気配がする。あの女の袖の中からだ。

八尾の狐は皇女の袖を切《き》り裂《さ》いて、出てきた尾を摑《つか》み、窓から逃《に》げるつもりだった。

それはあっという間の出来事になるはずだったけれど、立《た》ち塞《ふさ》がった者がいる。

「化け狐！　覚悟《かくご》しろ！」

武官が皇女の前に立ち、にらみつけてきた。

八尾の狐は、想定通りの展開にふっと笑う。この武官は皇族なので、皇帝の寝室に入ることができる。ここにいるかもしれないことは、こちらも予想済みだ。

──しかしこの部屋には、皇族でも刃物《はもの》を持ちこむことは許されていない。

刃物を持てるのは皇帝と、この部屋を守れと命じられている武官のみなのだ。

捨て身で皇帝を庇《かば》っただけだと判断したとき、鋭《するど》すぎる殺気に息を呑《の》む。

——短剣《たんけん》⁉

八尾の狐は、まさかそんなはずはと動揺《どうよう》した。

そして短剣に埋《う》めこまれている青玉《せいぎょく》を見て、そうかと納得《なっとく》する。

この男は皇族なので、皇族の男子の証《あかし》である青玉を埋めこんだ短剣を授《さず》けられているのだ。青玉の短剣だけは、武器の携帯禁止区域でも持ち歩けることになっていた。

ただし——……これは儀礼《ぎれい》用の剣のため、刃《は》は潰《つぶ》されている。

「ギャワン‼」

刃がなくても、叩《たた》きつけることはできる。

蒼天《そうてん》は潰された刃で、八尾の狐の首を容赦《ようしゃ》なく打った。

八尾の狐は蒼天の刃を避《よ》けきれず、壁《かべ》に叩きつけられてしまう。

「捕《つか》まえて！」

瑠璃の命令が放たれる前に、蒼天は動き出していた。

しかし、それは八尾の狐も同じだ。体勢を立て直し、窓から外に飛び出そうとする。

「網《あみ》を！」

瑠璃の叫《さけ》び声《ごえ》が放たれるのと、八尾の狐が窓から飛び出したのは、ほぼ同時だ。

八尾の狐は突然身体《とつぜんからだ》に絡《から》みついた網に驚きながらも、逃《のが》れようとして必死に暴れる。けれども、暴れれば暴れるほど、網が絡みついてしまう。

「きゃあ～！　いや～！　動いてる！」

「駄目！　力が強い～！」

「助けてぇ～！」

窓の外で網をもって待ち構えていたのは、瑠璃の侍女見習いをしていた三姉妹《さんしまい》だ。

八尾の狐は網ごと三姉妹を振《ふ》り払《はら》い、逃げようとした。

しかしその間に蒼天も窓から飛び出していて、ここから離《はな》れようとしている八尾の狐を追いかける。

「逃がさない！」

蒼天は三姉妹がつくってくれた時間を使い、短剣を狐に投げつけて体勢を崩《くず》させ、素手《すで》で八尾の狐の尻尾《しっぽ》をまとめて掴んだ。

「……!?」

びちびちと動いて逃げようとする八尾の狐を、蒼天は用意しておいた鎖《くさり》でぐるぐる巻きにする。

「捕まえた？」

「はい」

瑠璃は椅子《いす》を使って窓から外に出て、蒼天の元へやってきた。

そして、三姉妹に持たせておいた刃物を蒼天に渡《わた》す。

「ひと思いにやってちょうだい」

「仰《おお》せのままに」

八尾の狐はぎゅっと眼を閉じた。偉大《いだい》なる仙狐になるため、長い年月をかけて力を蓄え、ようやく八尾になった。あと少しで仙狐になれたはずだったのに、人間ごときにそれを阻《はば》まれたのだ。

――なんということだ。

大人しく山の中で月の光を浴びていればよかった……と八尾の狐が後悔《こうかい》していたら、ぶちりと尻尾を斬《き》り落とされる。

――尻尾？

首ではなく、尻尾なのはどうしてだろうか。

八尾の狐は地面に落ちていく尻尾を見ながら絶望していたら、細い指が八尾の狐の額をばちんと強く弾《はじ》いた。

「あらあら、力を失って随分と可愛《かわい》い姿になったわね。……殺されたくなければ、私の言うことを聞きなさい」

「…………」

八尾の狐は、小娘《こむすめ》の要求にふんと鼻を鳴らす。こんなにも小さな姿になってしまったけれど、矜持は小さくなっていない。たとえ殺されたとしても、下等な人間の言うことを聞くつもりはなかった。

「あら？　素直《すなお》に聞いた方がいいわよ」

こちらを覗《のぞ》きこんでくる皇女の眼が細められる。

かすかな月明かりがある中で、なぜか皇女の瞳《ひとみ》が輝《かがや》き始めた。

――それは、高貴なるものにしか与《あた》えられない……金色の輝き。

「ひゃん！」

「私の言うことを聞きなさい。いいわね」

八尾の狐はわずかに漏《も》れてきた偉大なる力に、恐怖《きょうふ》を感じる。

今までなぜこのことに気づかなかったのだろうか。

いや、知ってはいた。玉洞城には恐《おそ》ろしい龍《りゅう》がいるから手を出してはいけないと、色々なやつらから聞いていたのだ。

――まさか、本当だったなんて！

最初から偉大なるお方だと教えてくれたら、さっさとこの縄張りを手放していた。絶対に敵《かな》う相手ではないからだ。

「きゅうん……」

どうか見逃《みのが》してくれ、なんでもする……と八尾の狐は可愛い声を出す。

「なにが目的？」

「……きゅう」

八尾の狐は、偉大なる方へ必死に訴《うった》えた。

——人を殺そうと思ったことは、一度もありませんでした。私はただ、この城の人たちの精気を少しずつ集めて、仙狐になろうとしていただけです。いつも精気を吸いすぎないよう気をつけていました。本当です。

八尾の狐の主張に、偉大なるお方は「まあいいでしょう」と言わんばかりに頷《うなず》いた。

「今から私の言うことを聞くなら、逃がしてあげる」

八尾の狐は、仰《おっしゃ》る通りにしますと何度も頷く。

しかし自分を捕まえている武官は、余計なことを言い出した。

「口約束は危険ですよ。信用できません。このまま陛下の前で処分すべきです」

八尾の狐は、絶対に悪さはしないとじたばたと動く。

「大丈夫《だいじょうぶ》よ。この狐を眷属《けんぞく》にするから」

偉大なるお方はしゃがみこみ、八尾の狐と眼を合わせた。

「私の眷属になったら、人のいない山の中で静かに暮らすの。約束できるのなら命を助けてあげる。それでいい？」

八尾の狐は大喜びする。

この方の眷属になれば、この方に逆らうことができなくなる。けれども、この方の力によって、他のやつらに襲われることもなくなる。

尻尾が一本のただの狐になってしまった今は、それはとてもありがたい提案だった。

「わぉん!」

契約《けいやく》しますと言えば、偉大なる方が「いい子ね」と頭を撫《な》でてくれる。

「では……貴方《あなた》に名前を授けましょう。〝八胡《やこ》〟ね。これが新しい貴方の名よ」

八尾の狐は『八胡』という名前を受け入れ、くちにした。

途端《とたん》、この身体に偉大なる力が注がれる。

「これで契約は成《な》ったわ。八胡、最初で最後の仕事をしてもらうわよ」

主の命令に、八胡は頷く。

武官は本当に大丈夫なのかと疑ってきたけれど、八胡は失礼なと唸《うな》った。

蒼天《そうてん》は化け狐の尻尾を摑み、皇帝にもっていく。

皇帝は自分の不眠《ふみん》の原因になっただけではなく、薬師に化けてこの玉洞城《ぎょくどうじょう》内を荒らした化け狐が捕まったことに、大喜びした。

「よくやった！　高福《こうふく》の息子に褒美《ほうび》を取らせよう。なんでも求めるがよい」

「勿体《もったい》ないお言葉でございます」

蒼天は、皇帝の従者《じゅうしゃ》が持ってきた獣《けもの》用の檻《おり》に化け狐を入れた。

化け狐は檻の中で暴れ、ぐるぐると怒りの声を上げている。

「よし、今すぐ殺せ！　早く！」

蒼天は皇帝の命令に従うことができなかった。皇帝の寝室に刃物を持ちこめるのは、警護の武官のみである。蒼天がもっている皇族の証の短剣では刺《さ》し殺《ころ》せない。

瑠璃《るり》は皇帝にやんわりとそのことを指摘《してき》し、化け狐の処刑《しょけい》場所の変更《へんこう》を求めた。

「陛下、この方は皇族の証である刃を潰した剣しか持っていないのです。それにここを化け狐の血で汚《よご》せば、陛下の身体にさわりがあるかもしれません。場所を変えましょう」

「……それもそうだな」

皇帝はすぐにでも狐を殺したいらしく、従者に自分を支えさせながら庭に出る。

その間に、夜中にも関わらず呼び出された禁軍《きんぐん》の将軍や宰相《さいしょう》たちが駆けつけてきた。

誰もが檻の中で暴れる化け狐を見て驚いたあと、化け狐を捕まえた蒼天に感心する。

「焼《や》き払《はら》え！」

皇帝が命じれば、檻の周りに枯《か》れ草《くさ》や薪《たきぎ》が用意され、火がつけられた。化け狐が炎《ほのお》に悶《もだ》え苦しむ姿を、皇帝は存分に楽しむつもりでいるのだろう。

化け狐は檻の中で暴れて、がちゃんという大きな音を何度も立てる。頑丈なはずの檻は化け狐の牙によって歪《ゆが》んでしまい、そこから化け狐が飛び出てくる。

そして、遠吠《とおぼ》えをしたかと思えば、檻に牙《きば》を立てた。頑丈なはずの檻は化け狐の牙によ

「陛下をお守りしろ！」

化け狐は皇帝に飛びかかったけれど、その前に蒼天が素早く皇帝の前に出る。

すると化け狐は急に向きを変え、蒼天を警戒するかのように唸った。

化け狐はそれでも何度か皇帝に飛びかかろうとしていたけれど、その度に蒼天を見ては踏《ふ》みとどまる。

「あっ！　逃げたぞ！」

化け狐は蒼天に牙を剥いたあと、大きく飛び上がってどこかに消えてしまった。

とりあえず危機は去った。

そのことに、誰もがほっとする。

「陛下、あの化け狐は陛下の忠実なる臣下《しんか》を恐れているようです。武器をもたなくても追《お》い払《はら》うことができるこの者がいる限り、陛下が襲われることはありません。ご安心くださいませ」

瑠璃はよかったという顔をしながら、蒼天の功績をしっかり主張した。

「この者は、陛下のお傍《そば》に置いておくべきです」

そして、蒼天に名誉《めいよ》ある地位を与えるべきだと提案する。

（これで陛下から大きな褒美を与えられたら……！）

蒼天は、皇太子争いに加わることになるはずだ。

瑠璃がどきどきしながら皇帝の言葉を待っていたら、皇帝は禁軍中央将軍を呼ぶ。

中央将軍は皇帝に耳打ちされた言葉にはっとしたあと、慌てて頷いた。

「褒美をやると約束したな。禁衛副長《きんえいふくちょう》の任を与えよう」

禁軍というのは、中央軍、右軍、左軍に分かれている。

中央軍は皇帝の居城である玉洞城と首都を守る役割があり、皇帝を最も近くで守る禁衛隊という部隊を従えていた。

その禁衛隊の責任者は禁衛長だ。勿論《もちろん》、禁衛長を補佐して、ときには代理も務める副長も二人いる。

蒼天はたった今、必要のない三人目の禁衛副長となった。これが意味することを、瑠璃はきちんと理解している。

（陛下を最も近くでお守りするという名誉職を与えられた……！）

皇帝は蒼天に自分を守ってほしいだけだ。この任命にはそれだけの意味しかないだろう。

しかし、周りはそう思ってくれない。蒼天が皇帝の最も近くに置かれたことへ、意味を勝手に見出《みいだ》してしまう。

——もしかして蒼天さまは、皇太子争いに加わったのではないか。

そんなざわめきが広がる中、蒼天は一歩前に出て膝《ひざ》をついた。

「誠《まこと》に恐《おそ》れ多《おお》くも過分なる褒美を賜《たまわ》り、心より感謝申し上げます。しかしながら私の至らぬ力量を鑑《かんが》みますに、あまりにも重きお任せです。このような恐れ多いお役目を頂戴《ちょうだい》せずとも、私は常に陛下のお傍で全身全霊《ぜんしんぜんれい》を尽《つ》くしてお守りしていく所存でございますので、別の褒美を頂戴したく存じます」

蒼天は、皇帝が提案した褒美を辞退したいと申し出る。

集まった人々の中には、ほっとする者もいれば、なぜ受け取らないのかと驚く者もいた。

瑠璃はというと、そうよね……と納得してしまう。

(この人は、皇帝になりたいわけではない)

蒼天は皇帝の役目の重さを理解しているから、それにきちんと向き合っているから、皇帝への道を歩みたくないと思っているのだ。

この褒美は蒼天にとって少し早かったかもしれないと瑠璃が反省している横で、皇帝と蒼天は話を進《すす》めていた。

「ならば、なにを望む?」

「私ごときの身ではございますが、もし陛下にお許しいただけるのであれば、一つのお願いを申し上げたく存じます」

皆、蒼天のほしがるものはなんだと興味津々《きょうみしんしん》という表情になる。

瑠璃は、なんとなく蒼天のほしいものを想像できた。蒼天の屋敷は焼けたばかりなので、別の屋敷に移り住みたいと言い出す気がする。

「言ってみろ」

「はっ」

蒼天は皆の視線を痛いほど感じながら、求めるものを告げた。

「私はかねてより、瑠璃公主《こうしゅ》さまの高潔なるお人柄《ひとがら》に心惹《ひ》かれております。瑠璃公主さまと生涯《しょうがい》を共にする機会を賜ることが叶《かな》いましたら、この上なき幸せと存じます」

蒼天は望みを言いきったあと、瑠璃を見る。

瑠璃は驚きのあまり、言葉を失ってしまった。

(いま、この人は……なにを……!)

どう考えても先ほどの蒼天の望みは、瑠璃との結婚《けっこん》だ。

瑠璃は聞き間違《まちが》えたのではないかと焦ったけれど、周りの視線はいつの間にか瑠璃に集まっている。どうやらこれは、自分の勘違《かんちが》いではないようだ。

皇族の蒼天ならば、皇女との結婚は『丁度いい』になる。瑠璃の顔が気に入って、瑠璃をほしがっても、反対されることはない。

ただし……『ただ一人を除いて』になってしまうだろう。

「……瑠璃を求めるだと？」

皇帝は蒼天に低い声を放った。そこには怒りさえ感じられる。

蒼天は皇帝の唸るような声に怯《ひる》むことなく、落ち着いて答えた。

「はい。しかしながら瑠璃公主さまは、陛下の御身《おんみ》をとてもご心配され、お傍にいたいと思っていらっしゃいます。私は瑠璃公主さまの意思を尊重し、瑠璃公主さまを私の屋敷に迎えるのではなく、瑠璃公主さまの宮へ通うという形にしたいと思っております」

蒼天は、瑠璃を城下にある自分の屋敷へ連れていく気はないと宣言した。

皇女というのは、とても身分が高い。皇女と結婚をした者が皇女の家に通うという形になっていた時代も、たしかにあったぐらいである。

元は平民出身の武官であった蒼天が皇女を丁重《ていちょう》に扱《あつか》おうとするのは、寧《むし》ろ当然のことだと皆に納得された。

「ここに通う……か」

皇帝は、瑠璃を連れ去る意思が蒼天にないとわかった途端、怒りをおさめた。

皇帝にとって、瑠璃はただここにいればいい。ここにいるのなら、なにをしようが、なにをされようが、どうでもいいのだ。

「──瑠璃との結婚を許そう」

皇帝の許可が下りた。

瑠璃は思わず蒼天を見てしまう。

皇帝の言葉はとても重い。こうなった以上、やっぱりやめますと言えなくなる。

「私でいいの……？」

ぽつりと呟《つぶや》いた瑠璃に、蒼天は笑う。

立ち上がって瑠璃に近寄り、瑠璃の白くて華奢《きゃしゃ》な手を取った。

「貴女《あなた》が俺にどんな価値を見出したのかはまだ理解できませんが、きっと貴女に俺は必要なんでしょう」

蒼天はそんなことを言いながら、瑠璃の手を握《にぎ》る。

「そして、俺にも貴女が必要です。これから俺が皇族として国のためにしなければならないことは、貴女がいればしっかり学ぶことができると思いました」

瑠璃は瞬《まばた》きを繰《く》り返《かえ》す。信じられないという瞳で蒼天を見上げる。

蒼天は瑠璃の反応に、苦笑《くしょう》したくなってしまった。

あれだけ結婚すべきだと迫《せま》ってきたのに、いざ求婚《きゅうこん》したらこんなにも驚くのはどうしてだろうか。

「正直なところ、瑠璃さまは俺にとってもったいない人です。貴女はとても優《やさ》しく、強く、気高い方だ。俺がもらってもいい人ではありません。本当は、もらえるものはもらっておく主義なんです……と言いたいんですけれどね。ですから、逆にしましょう」

蒼天は瑠璃の瞳をじっと見つめる。

「貴女が俺をもらってください」

瑠璃を正妻としてもらうのではなく、蒼天が瑠璃にもらってもらう。

そういうことならば、蒼天も瑠璃との結婚を受け入れられた。

「その他の件については保留です。改めてきちんと話し合いましょう」

結婚はするけれど、皇帝になると決めたわけではない。

蒼天はそのことを瑠璃にしっかり主張する。

「……そうね。貴方の全てをもらうことにするわ」

未来の可能性も全て、と瑠璃は挑《いど》むように蒼天を見つめ返した。

(この人との勝負は、まだまだこれからよ。皇帝になりたいと思わせないと)

嬉《うれ》しいと心から喜ぶのはまだ早い。

瑠璃は勝手にどきどきしている胸を押さえながら、蒼天の手を握り返す。

「陛下。結婚をお許しくださり、ありがとうございます。これからはこの方と共に陛下へお仕えしていきます」

瑠璃が幸せで仕方ないという表情をつくり、にっこり笑えば、周囲の人たちから祝いの言葉が贈られた。

「いやぁ、おめでたいことですな。盛大《せいだい》にお祝いをせねばなりません」

「しかしここに通うとなれば、婚姻《こんいん》の儀《ぎ》もまた変わってくるでしょう」

「そこはかつての皇族の婚礼を参考にして……」

皇族の結婚というのは、とにかくしなければならないことが色々ある。

今回は、瑠璃が蒼天の屋敷に輿入《こしい》れするという形にならないので、かつての皇女の婚礼の儀の資料を探すところから始めなければならないだろう。

「陛下、結婚のお祝いとして私に新しい宮を頂けませんか？　今の宮は夫を迎えられる大きさではありません」

瑠璃の宮は、瑠璃を軟禁《なんきん》するための宮だ。皇女の宮にしてはとても小さい。

皇帝は瑠璃に与えた宮の大きさをもう忘れてしまっていたけれど、宰相が小声で「夫婦《ふうふ》でお使いになるのなら、この辺りの宮が適しているかと……」と助言してくれた。

「私たちの新しい宮は、化け狐が陛下の前に現れてもすぐに駆《か》けつけられるようなところがいいですね」

瑠璃は皇帝に、「皇帝の寝室近くの宮を与えた方がいいのではないか」と提案した。

皇帝はたしかにその通りだと思い、瑠璃と蒼天に与える宮について改めて考える。

「東六宮《とうりっきゅう》に広い宮があったな？」

皇帝が宰相に空《あ》いているかどうかを確認《かくにん》したら、宰相は「今は誰もお使いになっておりません」と答えた。

「そこを好きに使え」

瑠璃は必死にいつも通りの声をつくり、皇帝に礼を述べる。

「ありがとうございます……！」

この場にいた者たちが、再びがざわめき出した。

——東六宮にある広い宮というのは、つまり……！

——まさかの展開だぞ！　元平民に皇太子用の宮が与えられるなんて！

——陛下を守《まも》り抜《ぬ》いた褒美が、こんなに大きなものとは！

瑠璃は、最高の結果を手にしたことに震えた。

蒼天に玉洞城内の宮をいつか与えたいと思っていたけれど、あっさり与えられたのはまさかの東六宮だ。しかも、そこの一番広い宮を使うとなれば……。

（皇太子の宮と言ってもいい……！）

皇帝にとっては、自分の身を守ることが一番大事である。だから蒼天に、皇帝の寝室に近い東六宮の宮を与えた。今のところ、それだけの話だ。蒼天を皇太子にしたいと考えたわけではない。

けれども周りの人々からは、化け狐から皇帝を守り抜いた蒼天が、皇帝の娘《むすめ》と皇太子の宮を褒美として授けられたように思えてしまうだろう。

瑠璃は蒼天の顔をちらりと見る。

（あら、さすがに気づいたようね）

複雑な表情になっている蒼天は、それでもなんとか皇帝に礼を述べた。

瑠璃は思わず笑ってしまいそうになる。

「陛下、寝室まで送ります」

瑠璃がにこりと微笑《ほほえ》めば、蒼天もついてきた。

「化け狐はもういません。襲ってきても、私の夫が必ず陛下を守り抜きます。今夜はゆっくりお休みください」

瑠璃は皇帝を寝室に送り届けたあと、蒼天を連れて自分の宮に戻る。

するとそこには、八尾の狐が待っていた。

瑠璃は懐《ふところ》から狐の尻尾を取り出し、八尾の狐に渡してやる。

「もう悪さをしないようにね」

「わぉん！」

八胡は勿論ですと言わんばかりに小さく鳴いたあと、瑠璃から尻尾を受け取り、宮から出ていった。約束通りにどこかの山へ行くのだろう。

「これで全て片付きましたね」

蒼天がやっと終わったと肩《かた》の力を抜いたら、瑠璃は笑い出す。

「始まったばかりよ。皇太子の宮をもらっただけだもの」

そして、挑むように蒼天を見上げた。

「男子なら、世界征服《せいふく》が最終目標でしょう？」

蒼天は瑠璃の言葉に苦笑してしまう。

知り合ってから瑠璃と色々なことを共にしてきたけれど、瑠璃がどこまで本気でどこから冗談《じょうだん》なのかは、まだわからなかった。

「禁軍中央将軍になるぐらいで許してもらえませんか？」

瑠璃は蒼天の答えに瞬きをしたあと、愛らしい顔で大きく頷く。

「あら、多少はやる気が出てきたようね。結構なことだわ」

「もらえるものはもらっておく主義ですからね」

瑠璃と結婚し、禁軍で出世する。

蒼天は、そこまでならもらっておくことにしてくれたようだ。

（でも、そこで終わらせないわよ。絶対に私が皇帝の座まで導くわ）

これから、蒼天と共にこの国の未来を背負っていく。

この国に住む者たちを、必ず幸せにする。

そのために、最初にすべきことを宣言した。

「陛下のお気持ちが変わる前に、新しい宮へ引《ひ》っ越《こ》すわよ。それから婚姻の儀もね」

「わかりました」

明日から忙《いそが》しくなるだろう。

いや、瑠璃は今夜も忙しかった。

「あ、今夜も身体を鍛《きた》えたいわ。私の寝室で待っていて」

蒼天は瑠璃の色気のないお誘《さそ》いに、今になって「しまった」と思う。

瑠璃と健全な夜を過ごすために提案したお勉強会と訓練は、どうやらこのまましばらく続きそうだ。

「わかりました。瑠璃さまには窓を破壊《はかい》できるようになってほしいですからね」

蒼天は、顔の可愛さを存分に利用してこちらを魅了《みりょう》しようとしながらも、最後のところで詰《つ》めの甘さを発揮する瑠璃に、笑ってしまいそうになる。

──瑠璃さまは可愛いだけの方じゃないけれど、それでも駄目なんだよな。

けれども、瑠璃のそんなところが可愛いのだと、ついにこっそり思ってしまった。

終章

瑠璃《るり》は蒼天《そうてん》と共に身体《からだ》を鍛《きた》え、沐浴《もくよく》をしてさっぱりしたあと、寝台《しんだい》に倒《たお》れこんだ。

疲労感《ひろうかん》と充実感《じゅうじつかん》によってこのまま朝まで起きないはずだったけれど、こんなときでも未来の夢を勝手に視《み》せられる。

——爽《さわ》やかな風が吹《ふ》いている。

玉洞城《ぎょくどうじょう》にいる瑠璃は、庭をのんびり散歩していた。

庭の池に映る自分の姿は、二十代半ばというところだろうか。

「瑠璃さま、ただいま帰りました」

そのとき、夫の声が聞こえてくる。振《ふ》り返《かえ》った瑠璃は、こちらに歩いてくる人影《ひとかげ》に向かって微笑《ほほえ》んだ。

夫は太陽の光を背にしていた。そのせいで、顔がよく見えない。

(私の夫は……誰《だれ》?)

瑠璃は瞬《まばた》きをして眼《め》をこらす。

夫はゆっくり近づいてきて、瑠璃にその顔を見せ——……。

——彼は、穏《おだ》やかな笑顔《えがお》の優《やさ》しい人だった。

瑠璃は夫の手を取り、身を寄せ合う。

ああ幸せだと思った。


瑠璃は飛び起き、隣《となり》で寝《ね》ている蒼天を揺《ゆ》らす。

この寝室《しんしつ》で寝るときの蒼天はいつも長椅子《ながいす》を使っていたけれど、今夜からはついに観念して、瑠璃と同じ寝台で寝てくれていた。

「ねぇ！　起きて！」

瑠璃の容赦《ようしゃ》のない揺さぶりで眼を覚ました蒼天は、なにがあったのかと慌てて身体を起こす。

「どうしたんですか⁉」

「夢の中で、私と貴方《あなた》が結婚《けっこん》していたの！」

瑠璃は突然、夢の話を始めた。

蒼天は眼を円《まる》くしたあと、首を傾《かし》げながら話の続きを促す。

「……それで？」

「凄《すご》いことよ！　ついに私と貴方が結婚したんだから！」

「はぁ……なるほど」

蒼天は頷《うなず》き、瑠璃を抱《かか》えこんで横になった。

「はいはい、わかりました。結婚していたんですね」

「そうなの！」

蒼天は、瑠璃が寝ぼけているのだと思った。

皇帝《こうてい》に結婚の許可をもらった時点で、蒼天と瑠璃は絶対に結婚しなければならない。自分たちの結婚は、驚《おどろ》くようなものではなくなったのだ。

「そんなに驚かなくてもいいんですよ。結婚することはもう決まったんですから」

「ちょっと！　これは驚くことでしょう⁉」

瑠璃は蒼天の腕《うで》の中で、わかっていないと文句をつける。

蒼天と結婚する夢を見るまで、それはもう大変だった。

あるときからずっと父の従弟《いとこ》と結婚する夢を見続けて、努力してもまた見て、ここにきてようやく未来が少し変化してくれたのだ。

「もう寝ましょう。今夜は疲《つか》れました」

蒼天は瑠璃を抱えたまま眼を閉じる。

瑠璃は、未来が変わったことを蒼天にもっと驚いてほしかったけれど、たしかに今はまだ深夜だったと思い直した。

（朝になったら、もう一度騒《さわ》ぎましょう）

この身には、青龍《せいりゅう》の偉大《いだい》なる力が受《う》け継《つ》がれている。

しかし、本当にただそれだけで、瑠璃に未来を変えることはできないかもしれない。

その不安はずっとまとわりついていたけれど、やっと未来はこの手でも変えられることがわかった。この国の滅亡《めつぼう》を阻止《そし》できるかもしれないという希望を抱《いだ》けた。

——これから、もっと頑張《がんば》らないと。

きっと、大変なことは沢山《たくさん》襲《おそ》いかかってくる。

ときには、押し寄せてくる困難に悔《くや》し涙《なみだ》を流すかもしれない。

それでも一緒《いっしょ》に戦ってくれる人がいたら、最後まで諦《あきら》めないでいられる気がした。

終

あとがき

こんにちは、石田《いしだ》リンネです。

この度《たび》は新作『青龍《せいりゅう》の瞳《ひとみ》の花嫁《はなよめ》』をお手に取っていただき、本当にありがとうございます。

この物語は采青国《さいせいこく》の公主で青龍の力を持つ瑠璃《るり》と、訳あり皇族で難しい立場にある蒼天《そうてん》のラブコメ（当社比）です。

なかなか攻略《こうりゃく》できない蒼天に「もう！」となる瑠璃の押しかけ正妻な攻撃《こうげき》と、蒼天の「可愛《かわい》いけれど、ちょっと結婚《けっこん》したい気持ちもあるけれど、事情があってできません！」という防御《ぼうぎょ》の戦いをお楽しみください！

今まで走り回れるヒロインばかりを書いていたので、瑠璃のように走ると息切れするような物理的にか弱いヒロインはとても新鮮《しんせん》で、執筆《しっぴつ》がとても楽しかったです。

采青国のお隣《となり》の国である白楼国《はくろうこく》を舞台《ぶたい》にした『茉莉花官吏伝《まつりかかんりでん》』の物語も刊行中です。『茉莉花官吏伝』は、二〇二五年四月時点で、十七巻まで刊行しています。この物語の前日譚《たん》となる十七巻が発売中ですので、よろしければぜひお手に取ってみてください。

こちらの蒼天と、茉莉花官吏伝の蒼天の雰囲気《ふんいき》の違《ちが》いも楽しんで頂けたら嬉《うれ》しいです。


それからこの作品を刊行するにあたってお世話になった方々にお礼を申し上げます。

ご指導くださった担当様、可愛くて美人な瑠璃と振《ふ》り回《まわ》されつつも格好いい蒼天を書いてくださったIzumi先生（どのイラストもお気に入りです！　最高です！）、当作品に関わってくださった多くの皆様《みなさま》、楽しみですとおっしゃってくださった方々、本当にありがとうございます。これからもよろしくお願いします。


最後に、この本を読んでくださった皆様へ。

読み終えたときに少しでも面白《おもしろ》かったと思えるような物語であることを祈《いの》っております。

またお会いできたら嬉しいです。

石田リンネ

■ご意見、ご感想をお寄せください。
《ファンレターの宛先》
〒102-8177 東京都千代田区富士見2-13-3
株式会社KADOKAWA ビーズログ文庫編集部
石田リンネ 先生・Izumi 先生

ビーズログ文庫

●お問い合わせ
https://www.kadokawa.co.jp/（「お問い合わせ」へお進みください）
※内容によっては、お答えできない場合があります。
※サポートは日本国内のみとさせていただきます。
※Japanese text only

青《せい》龍《りゅう》の瞳《ひとみ》の花《はな》嫁《よめ》

石田《いしだ》リンネ

2025年4月15日 初版発行

発行者　山下直久
発行　株式会社 KADOKAWA
〒102-8177 東京都千代田区富士見2-13-3
（ナビダイヤル）0570-002-301
デザイン　島田絵里子
印刷所　株式会社暁印刷
製本所　本間製本株式会社

ISBN978-4-04-738350-0 C0193

定価はカバーに表示してあります。
◇◇◇